KB014163

달의 의지

06

문학에서 발견하는
무한한 좌표들,
은행나무 시리즈

달의 의지

황현진 소설

은행나무

차례

1

작은 달이 떴다. 유난히 멀리 있었다. 선명하게 빛났다. 10월이었다. 한두와 호숫가를 걷고 있었다. 호수는 커서 둘레를 모두 따라 걸으려면 두세 시간쯤 걸렸다. 일단 걷는 데까지 걸어보기로 했다. 멀찌감치 한두가 앞서 걸었다. 한참 전부터 한두는 나의 기척을 몰랐다. 기척이 멀어지는 동안 그는 걷는 속도를 늦추지 않았다. 잠시라도 멈춰 서서 함께 하늘을 올려다볼 만도 한데 그는 꾸준히 걷기만 했다.

한두는 내가 언제나 달을 반긴다는 것을 모르지 않

왔다. 그의 뒤를 걸으면서 문득 호수에도 달이 떴을까 살펴보았다. 호수는 꺼멨다. 밤이 훨씬 밝았다. 호수의 커다란 반경 안에 달이 들지 못했다. 나는 그것이 달의 의지 때문이라고 여겼다. 굳이 둘일 필요는 없겠다는 의지 말이다.

한두.

그를 불러세우자니 어색했다. 민망한 마음도 들었다. 나는 더욱 천천히 걸었다. 우리의 간격이 더욱 멀어졌다. 나는 젖은 땅바닥에 침을 뱉었다. 한두는 공원을 빠져나가는 계단 앞에 서서 나를 기다리고 있었다. 가까이 다가가자 그는 계단을 내려가기 시작했다. 계단은 가파르고 길었다. 계단 위에 낙엽들이 수북했다. 나는 발로 낙엽을 차면서 걸었다. 한두에게로 낙엽들을 날려보냈다.

계단 아래 붉게 빛나는 것이 있었다. 트럭이었다. 트럭의 짐칸에 벽을 세워 만든 간이매점이었다. 뭘 파는지는 단박에 알 수가 없었다. 나는 시력이 나빠 반짝이는 글자의 내용을 읽지 못했다. 얼핏 하트 모양의 네온이 보이기는 했다. 낯익은 표시였다. 그런 표시를 밝히고 서 있는 트럭들을 더러 보았다. 밤의 국도변에서 은밀하게 사람들을 유혹하는 트럭들 말이다. 연인들의 강렬하고 찰나적인 밀착을 부추기는 밤의 표지들, 그 중 하나가 계단 아래 멀리 서 있었다.

연애 초반 한두와 나는 짧은 여행을 자주 다녔다. 지방 외진 국도의 교차로에는 성인용품을 파는 트럭들이 많았다. 한두는 가끔 장난삼아 트럭 옆에 차를 세우곤 했다. 내가 손사래를 쳐도 억지로 잡아끌었다. 함께 짐칸의 내부를 기웃거렸다. 한두는 우스워죽겠다는 듯이 벙싯거리며 손가락으로 이런저런 물건들을 가리켰다. 그곳에서 뭘 구매한 적은 없었다. 다시 차를 출발시키고 컴컴한 도로를 내달리면서 우리는 짓궂은 농담을 주고받았다.

우리에겐 아직 필요 없어. 그치?

내가 그렇다고 말할 때까지 한두는 떼를 쓰며 물었다. 나는 그의 어깨를 때리고 밀쳐내다가 그의 바지지퍼에 손을 올렸다. 섹스를 하고 있는 나를, 나는 언제나 마음에 들어 했다. 거리낄 것이 전혀 없었다. 지퍼를 내리고 그의 팬티 위를 주물렀다. 그것이 단단해질

수록, 그것이 커질수록 밤은 차창의 전면으로 달려드는 괴물 같았다. 그때마다 나는 밤과의 싸움에서 이기고 있다는 승리감에 몸을 떨었다.

섹스에 안달 난 사람들처럼 한두와 나는 모텔을 찾아다녔다. 당연히 여행 중에 사진은 거의 찍지 못했고, 우리가 거쳐왔던 도시의 이름조차 제대로 기억하지 못했다. 언제나 밤이었고, 가로등 없는 길이 대부분이었고, 도로에는 차들이 다니지 않았다. 그것은 어느 날에 대한 기억이라기보다 어떤 시절을 뭉뚱그린 것에 불과했다.

한번은 대낮에 모텔에서 나오다가 바로 옆에 저수지가 있는 것을 보고 깜짝 놀랐다. 저수지는 꽁꽁 얼어 있었다. 한두가 그 위를 걸었다. 자신만만했다. 수면 깊이 얼어 있으니 괜찮다고 했다. 내가 아무리 발을 구르며 말려도 소용없었다. 나는 쪼그리고 앉아 저수지의 바닥을 들여다보았다. 뿌연 가운데 무수한 실금들이 엉켜 있었다.

한두는 저수지 한가운데 서서 만세를 외쳤다. 얼음을 지치듯 미끄러지며 춤을 추었다. 그는 무사히 저수지 밖으로 걸어나왔다. 반갑지가 않았다. 나는 두고두고 그날 그가 크게 혼쭐이 나야 했다고 생각했다. 그가 단 한 번도 누군가에게 제대로 혼나본 적이 없는 것을 나는 늘 걱정스러워했다.

계단을 모두 내려왔을 때 한두가 뒤를 돌아보았다. 때마침 누군가와 빈틈없이 가까워지기 좋은 바람이 불었다. 낙엽들이 슥슥 소리를 내며 한 방향으로 몰려갔다. 나는 걸음을 빨리했다. 한두를 지나쳐 트럭을 향해 빠르게 움직였다. 몇 미터 되지 않는 거리였으나 한두는 단박에 뒤쳐져서 따라왔다. 한두가 천천히 걷고 있다는 것을 알았다. 일부러 걸음의 속도를 늦추고 있었다. 왜 저러는지, 나는 모르지 않았다. 우리 사이의 간격을 없애면 신경 쓰일 일이 한두 가지가 아닐 것이다. 손을 잡아야 하고 어깨에 팔이라도 둘러야 했다. 하다 못해 옷자락이라도 잡아야 했다. 그건 참으로 새삼스러운 일이었다.

트럭 앞에 도착하고 보니 커피를 팔고 있었다. 이미 여러 잔의 커피를 마신 뒤였다. 한두가 뒤늦게 다가와 서서 지갑을 꺼냈다. 트럭의 주인은 솜사탕을 추천했다.

애는 단 거 안 먹어요.

굳이 하지 않아도 될 말을 한두가 주인에게 해댔다.

그냥 커피 마셔.

애써 먹을 필요가 없는 것을 한두가 시켰다. 나는 고개를 저었다.

한 잔 주세요.

부러 체면을 차릴 필요도 없는데 먹지 않을 것을 주문하고 있었다. 나는 입을 다물었다. 한두가 주인이 건네주는 커피를 받아들고 다시 내게 건넸다. 나는 군말 없이 받아 쥐었다. 입도 대지 않았다. 공원 입구까지 말없이 걸었다. 쓰레기통이 보였다. 뚜껑을 열어 커피를 바닥에 쏟아부었다. 빈 종이컵을 쓰레기통에 내다 버렸다. 커피가 바지에 튀었다. 검은 바지라서 티가 확 나지는 않았다.

한두가 혀를 찼다. 팔짱을 끼고 내가 하는 짓을 지켜보았다. 나는 어깨를 으쓱거렸다. 한두가 쓰레기통 옆에 놓인 장의자를 가리키며 저기에 좀 앉자,라고 했다.

그러지 않을 이유가 없어서 거기 앉았다. 한두는 나와 적당히 떨어져 앉았다.

곰곰이 생각을 해보니까 말이야.

한두가 입을 열었다. 나는 커피를 쏟아부은 곳을 뚫어져라 쳐다보았다. 뜨거운 김이 피어올랐다. 부글부글 끓어오르는 것처럼 땅에서 허연 김이 무럭무럭 피어났다. 외투 자락을 여미며 그의 다음 말을 무심하게 기다렸다.

요지는 헤어지자는 거였다. 길게 말을 하자면 이렇다고 했다. 정확하게 십 년 뒤를 떠올려보았다고 했다. 어쩌면 고작 일 년 뒤를 그렸을지도 모른다. 한두는 명백하게 알 수 있었다고 했다.

아주 명백하게.

한두가 힘을 주어 말했다. 왜 단 한 번도 미래를 그려보지 않았는지, 후회된다고 덧붙이기까지 했다.

후회가 돼.

한두가 한숨 쉬듯 말했다. 지난 삼 년 남짓한 시간이 통째로 아깝다는 뜻이었다. 우리가 서로 사랑했던 시간을 후회하며 한탄했다. 나는 안면을 크게 얻어맞은 기분이었지만 뭐라고 반박하기가 뭣했다. 남아도는 게 시간이라고 수시로 나를 불러대던 때를 군이 들먹이고 싶지는 않았다. 이러쿵저러쿵 대꾸하기엔 마음이 아주 상해버렸다. 비참했다.

넌 십 년 뒤에도 지금과 똑같을 것 같아.

그는 별일 없이 나와 함께 꾸려나갈 앞날을 곰곰 상상했고, 그것이 최악의 경우에 속한다고 판단한 것이다.

지난겨울 무렵부터 헤어지자는 말이 서너 번 날아오긴 했다. 이전에는 없던 일이었다. 나는 홧김에 헤어지겠다는 답장을 대여섯 번 보냈다. 그래도 헤어지지는 않았다. 미적거리며 화해를 미루다가 얼결에 다시 얼굴을 맞대고 밥을 먹고 커피를 마시고 산책을 했다. 대화는 줄어들었고, 거리는 멀어졌다.

봄이 되고 산책을 할 때도 나란히 걷지 않게 되었다. 앞서가는 그의 뒷모습을 보면서 군이 따라붙고 싶지도 않았다. 아마 그즈음부터 그는 생각이란 것을 하기 시작했을 것이다. 그러다보니 결국 상상이란 것도 하게 되었을 것이다.

　가을이 되면서부터 더욱 자주 싸웠다. 넌 왜 커피를 마시지 않느냐고 한두에게 따지기 시작했다. 왜 맨날 나만 마시고 있고 너는 구경만 하고 있냐고 몰아세웠다. 왜 매번 "너나 마셔" 이렇게 말하느냐고 꼬치꼬치 물었다. 별일 아닌 것 같아도 번번이 기분이 상했다. 그때마다 한두는 일부러 내 앞에서 단 것들을 씹어 삼켰다.

　정작 싸워야 할 일들이 닥쳤을 때는 둘 다 입을 다물었다. 우리는 서로의 딴짓을 모른 체했다. 그는 가끔 다른 여자를 만났다. 아주 드물게 그는 다른 여자와 밤을 보냈다. 나는 그의 입에서 금방이라도 헤어지자는 말이 나올 거라고 기대했다. 하지만 한두는 그러지 않았다. 내가 용서했는지 어쨌는지 묻지도 않았다. 아무 일 없다는 듯 다시 나를 찾아왔다. 나는 말했다.

　네가 다른 사람을 사랑했으면 좋겠어.

　그는 웃어넘겼다.

　나는 네가 원하는 방식대로 너를 사랑할 수 있어.

나는 웃지 않았다. 그의 말마따나 그가 오로지 내가 원하는 방식으로 나를 사랑했기 때문이다. 네가 달 뜬 밤을 좋아해서 밤에만 만났지. 네가 긴 여행을 할 시간이 없어서 짧은 여행을 수시로 다녔지. 네가 혼자 있는 걸 좋아해서 너를 겨우 내버려두었지. 너는 항상 내게 시간을 충분히 내어주지 않았지. 나는 너에게 더 많은 시간을 함께하자고 조르지 않았지. 이제 나도 그런 너의 방식에 익숙해지기 시작했어. 그리고.

한두의 입에서 그런 말들이 나오기 시작할 즈음, 이미 우리의 이별은 시작되었을지도 모른다. 가장 나쁜 방식의 이별이었다. 우리는 너무 자신만만했다. 시간을 질질 끌면서 미련이나 후회 따위를 정리하고 있었다. 비교적 차분하고 담담하게 우리의 이별을 완수하기 위해서 각자 알아서 노력했다. 우리가 만났던 시간을 이기적으로 재해석하는 수순을 각각 밟아왔다는 이야기이다. 지나치게 의미가 부여된 날들을, 지나치게 무의미화하는, 지루하고 단순한 작업이었다. 그 와중에 아무도 우리를 혼내지 않았고, 우리 역시 서로를 혼내지 않았다. 뭔가 단단히 글러 먹은 상태였다.

그래, 그러자. 무슨 말인지 충분히 알아들었어.

땅 위에서 피어오르던 김이 서서히 사그라질 무렵 나는 자리에서 일어섰다. 한두가 담배를 꺼내 불을 붙였다. 그의 얼굴이 꺼칠했다. 그를 의자에 남겨두고 공원을 떠났다. 집이 너무 멀어서 한숨이 났다. 버스와 지하철을 한 번씩 갈아타고 집으로 돌아오자마자 너무 지쳐서 곧장 침대 속으로 기어들어갔다. 씻지도 않았다.

그 밤은 그렇게 지나갔다. 깨어났을 때 온몸이 땀에 젖어 풀풀 악취를 풍겼다. 핸드폰을 들여다봤지만 새 메시지가 없었다. 일요일이었는데, 그날은 정말 아무에게서 연락이 없었다. 종일 식은땀을 흘렸다. 눈이 뜨거워서 체온계를 눈꺼풀에 대고 온도를 재보았다. 34도쯤 되었다. 눈꺼풀의 평균온도를 몰라서 정상인지 아닌지 가늠하기가 어려웠다. 감기에 걸린 건 아닐까, 종일 몸 상태를 의심했지만 딱히 다른 증상은 없었다. 그날은 그렇게 또 지나갔고 얼마 후, 나는 에그를 만났다.

2

    에그가 사는 동네는 강남의 한복판이었다. 담당자가 인터뷰 요청을 하려고 처음 전화를 걸었을 때, 에그는 반드시 약속장소를 집 근처로 잡아달라고 고집을 피우더라고 했다. 도저히 멀리 움직일 수가 없는 처지라고 주저리주저리 긴 말을 늘어놓았다고도 했다. 대중교통을 이용하기엔 얼굴을 알아보는 사람이 너무 많고, 아직 전담 매니저가 없어서 개인차량으로 마음대로 오갈 수 있는 입장도 아니라는 말을 에그는 생면부지의 사람에게 일일이 일러주었다고. 나는 에그를 만나기 위해 거기까지 가야 한다는 게 매우 부담스러웠다.

　우리 집에서 그쪽으로 이동하려면 시간과 품이 꽤 많이 필요했다. 게다가 에그는 약속시간을 아침 열 시로 잡았다. 대개 새벽녘에야 잠드는 내게 그 약속을 지키기란 거의 불가능했다. 그렇다고 달리 뾰족한 수도 없었다. 아예 밤을 꼬박 새워야만 했다.

　결국 충혈된 두 눈에 안약을 넣으며 집을 나섰다. 광화문으로 향하는 광역버스를 타고 그곳에서 지하철로 옮겨 탄 뒤, 환승역에서 다시 지하철을 갈아탔다. 내내 졸았다. 에그를 만나러 가는 노선은 한두의 집으로 가는 방향과 겹쳐 있었다. 내게 그 여정은 몹시 익숙했다.

　노선의 종착역이라 할 수 있는 한두의 동네는 낡은 저층 건물과 키 큰 가로수들이 비슷한 높이로 마주 보고 서 있는 데였다. 에그가 사는 곳과는 아주 딴판이었다. 한두는 사 층짜리 다세대주택의 이층에 혼자 살았다. 골목은 좁아서 일방통행로 표지가 길 중간마다 쉴 새 없이 튀어나오고, 제때 수거하지 않은 쓰레기봉투

가 오래 방치되어 꿉꿉한 냄새가 구석구석에서 배어나
왔다. 한여름에 더위를 식히려고 창문을 열면 근처의
식당에서 고기 굽는 냄새가 진동했다. 툭하면 집 안에
갇힌 개들이 짖는 소리가 골목에 울려퍼지곤 했다. 고
기 냄새가 끊이지 않아서라고 한두는 말했다.

　동네 가장자리에는 시경계선이 있었다. 그 자리에
마치 커다란 구멍 같은 호수가 있었다. 달도 꺼려 하는
깊고 어둔 호수였다. 거기를 지나야 에그가 사는 동네
였다.

　처음 만났을 때, 에그가 물었다.

　뭐 하시는 분이세요?

　그가 내 얼굴을 찬찬히 뜯어 살폈다. 내가 대답하기
전에 스스로 알아내고야 말겠다는 투였다. 나는 당황
했다.

　왜 물으세요?

　조금 이상해서요.

　뭐가요?

　그냥 좀 이상해 보여요.

에그는 내가 전문 인터뷰어가 아니라는 사실을 알아챘는지도 모르겠다. 나는 잠시 고민했다. 나의 어디가 이상해 보였는지, 알 것도 같고 모를 것도 같았다. 내가 에그에 대해 잘 모르고 있다는 게 티가 났나 싶기도 했다. 반드시 한두와 헤어진 탓이라고 콕 집어 말할 순 없지만, 이번에는 인터뷰어에 대한 사전조사를 게을리했다.

도대체 뭘 잘해내고 싶지가 않았다. 유명인사를 인터뷰하고 기사를 쓰는 일은 생활비를 벌어들이기 위한 여러 아르바이트 중 하나에 불과했다. 생계가 걸린 일인 만큼 잘해야겠다는 결심을 수시로 하는데도 막상 인터뷰이 앞에 서면 비굴한 기분이 들었다. 대충 해도 잘하고 있다는 칭찬을 듣고 싶었다. 가끔 상대가 나를 좀 알아주길 바랐다. 지금 당신 앞에 어깨를 옹송그리고 앉아 있는 나의 진짜 직업은 따로 있다는 것을 말이다. 그걸 들키는 순간, 더 부끄러워질 수도 있음을 에그 때문에 깨달았다. 소설가라고 대답하기가 쉽지 않았다. 겸연쩍어서 그런 줄 알았지만 훗날 돌이켜보니 수치심이었다.

에그의 시선이 내 어깨와 펜을 쥐고 있는 오른손과 옆자리에 둔 가방으로 차츰차츰 옮겨갔다.

소설을 써요.

볼펜을 탁자 위에 소리 나게 올려두었다. 고개를 빳빳이 세우고 대답했다. 손바닥이 축축하게 젖어들었다. 처음 있는 일이었다.

소설가는 내가 서른 넘게 사는 동안 유일하게 갖고 싶었던 직업이었다. 하지만 첫 책을 우여곡절 끝에 출간한 뒤로 나는 소설가라는 말이 입에 붙지 않아 난처할 때가 많았다. 이유는 나도 몰랐다. 소설을 쓰고 있다는 말을 입 밖으로 꺼낼 때마다 거짓말 같았다. 쓰고 있다는 말 대신 소설을 써본 적 있다거나 쓰고 싶다고 말하는 게 훨씬 정직하게 들렸다.

에그의 눈이 커다래졌다.

우와, 소설가예요?

그가 의자를 내 쪽으로 바짝 당겨 거듭 물었다. 갑자기 할 말을 잃어버렸다.

뭐 대충……

대충 뭐요?

그렇다고 할 수도 있다고요.

나는 우물쭈물하며 말을 얼버무렸다.

그럼 책도 있겠네요?

에그가 한껏 기대에 부푼 얼굴로 물어왔다. 나는 탁자 위에 놓은 녹음기의 위치를 바꾸었다. 쓸데없는 짓이었다. 에그가 눈을 더욱 동그랗게 치켜뜨며 대답을 재촉했다.

아니요.

진짜로 거짓말을 하고 말았다. 고개를 두어 번 내젓다가 다시 인터뷰를 이어나갔다. 에그는 인터뷰 와중에 가끔씩 내 얼굴을 살폈다. 나는 그의 눈빛에서 나를 의심하는 기색을 읽었다. 무얼 의심하고 있는지는 알 수 없었다. 속으로 이 여자, 진짜 이상하다고 생각했겠지만 눈치가 빨라서인지 더 캐묻지 않았다.

에그의 직업은 가수였다. 그는 오디션프로그램을 통해 가수가 되었지만 노래 실력으로 주목을 받지는 못했다. 사전인터뷰를 통해 널리 알려진 불우한 가정사 때문에 그는 시청자들의 관심을 샀다. 아마 그래서였을 것이다. 나는 에그 역시 당신의 직업은 무엇입니까, 라는 질문에 제대로 된 대답을 준비하지 못한 사람일 거라고 추측했다. 그에 대한 사전조사를 게을리한 이유를 굳이 찾는다면 아마도 그 때문일 확률이 컸다.

그는 가수이지만 아직 앨범을 낸 적이 없다. 몇몇 음악프로그램에 출연해서 노래를 불렀지만 그가 부르는 노래는 오래전 죽은 가수들의 노래를 새롭게 편곡한 것에 불과했다. 재능 또한 모자랐다. 그를 인터뷰하는 이유 또한 그가 주목받는 가수여서가 아니었다. 오디션프로그램에서 우승을 거머쥔 사람은 따로 있었다. 그는 곧 정규앨범을 낼 것이고 에그는 불우한 가정사에 어울리는 이야기를 또다시 만들어내지 않으면 모두에게 잊힐 거였다.

에그는 그저 슬픈 이야기의 주인공으로만 유명했다. 나는 그 이야기를 듣기 위해 에그를 찾았다. 인터뷰의 주제가 얼마나 성공했나보다 얼마나 불행했나가 중요했다. 잡지의 관계자들은 하나같이 에그를 추천했고 정작 누구도 에그를 대체할 다른 사람을 떠올리지 못했다.

인터뷰는 길어졌다. 에그는 대답을 장황하게 하는 편이었다. 내가 던진 질문에 호들갑을 떨며 반응했다. 말문을 여는 동시에 혼자 웃거나 화를 내거나 상심했다.

그러고 보니 생각나는 게 또 있어요.

이야기는 점점 다른 화제로 옮겨갔다. 에그가 하는 말들은 재미있었다. 대단했다. 슬펐다. 끔찍했다. 아름다웠다. 그가 살아온 지난 삶의 내력은 누구에게서도 듣지 못한 이야기들이었다.

그래서요? 어떻게 되었어요?

나는 그에게 더 많은 이야기를 들려달라고 졸랐다. 에그 역시 신이 났다. 한참을 떠들다가 에그가 갑자기 정색하며 물었다.

설마 소설로 쓸 건 아니죠?

나는 입을 가리고 웃었다.

내 이야기에는 저작권이 있어요.

에그는 꽤 진지했다.

아무도 나처럼 살지 않았으니까.

노래를 팔지 않고 이야기를 팔기로 한 가수라니, 어쩐지 그가 비겁해 보였다. 나는 낙서를 끄적거리며 질문을 던졌다.

작곡을 배울 생각은 없어요?

어떻게 배워요? 난 한글도 제대로 모르는데.

네?

나, 초등학교도 안 나왔잖아요.

인터뷰 도중에 그는 학교를 다닌 적이 없다는 말을 수시로 꺼냈다. 그 말이 글자를 읽고 쓸 줄 모른다는 의미일 거라곤 전혀 몰랐다.

남자친구 있어요?

에그가 다시 내게 질문을 던졌다. 나도 모르게 얼굴이 벌게졌다.

헤어졌어요.

에그가 박수를 쳤다. 그는 웃지 말아야 할 일에도 대놓고 폭소를 터뜨렸다.

농담 아니에요.

알아요. 왜 헤어졌어요?

몰라요. 차였어요.

언제요?

몇 달 됐어요.

몇 달씩이나 되었다는 말은 순 거짓말이었다. 고작 며칠 전의 일이었다.

안 울었어요?

왜 울어요?

울지 않았다는 말은 진짜였다. 에그는 더욱 수선을 떨며 즐거워했다.

재밌나봐요.

나는 그의 웃음을 이해한다는 듯 태연하게 굴었다. 내 기분도 그리 나쁜 편은 아니었다.

내가 대신 울어줄까요?

뭐라고요?

나 우는 거 잘하거든요. 하도 맞아서.

나는 입을 다물었다. 뭐라고 대꾸해야 좋을지 알 수가 없었다. 에그는 웃고 있었다. 그는 살면서 한 번도 누군가를 때린 적 없는 사람처럼 보였다. 오로지 그가 웃고 있었기 때문에, 그렇게 보였다. 억울하게 맞거나 온종일 쥐어터지는 한이 있더라도 절대로 도망치거나 저항하지 않을 사람 같았다. 착한 사람 같지는 않았고 만만해 보이긴 했다.

명함 주세요.

에그가 두툼하고 짤막한 손을 내밀었다.

저 명함 없어요.

그는 지체 없이 바지 뒷주머니에서 지갑을 꺼냈다. 인터뷰 직전에 그는 이미 내게 명함을 건넸었다.

아까 받았는데요.

알아요. 여기에 전화번호 좀 적어줘요.

나는 망설였다. 여태껏 인터뷰 상대가 내게 전화번호를 요구했던 적은 전무했다. 그가 테이블 위로 명함을 쑥 밀었다.

전화번호만 적어요. 어차피 이름은 못 읽어.

이름을 못 읽는다는 말 때문이었을지도 모르겠다. 나는 그의 말에 순순히 따랐다. 전화번호를 적어 다시 에그 쪽으로 명함을 밀었다.

그러니까 이름은 뭐예요?

에그는 바지 뒷주머니에 손을 얹고 반질거리는 두 눈을 깜박였다. 나는 못 본 체하고 인터뷰를 이어갔다.

먹다 남은 음료수병과 삐뚜름하게 놓인 의자를 그

대로 내버려두고 스튜디오를 빠져나왔다. 건물 입구에 서자마자 콧날이 시렸다. 때마침 찬바람이 휘몰아치면서 풀어헤친 머리칼이 휘날렸다. 나는 두 손으로 얼굴을 감쌌다. 에그는 재빨리 바람을 피해 등을 돌리곤 추워추워 혼잣말을 하면서 외투를 여몄다. 나는 장갑을 꺼냈다. 그는 외투 주머니에 양손을 찔러넣고 발을 굴렀다.

먼저 가볼게요. 추워서 서 있을 수가 없네요.

에그의 눈초리에 눈물이 맺혔다. 서둘러 인사를 건네더니 내가 뭐라 대답할 새도 없이 뒤돌아서서 뛰기 시작했다. 에그는 거리 끝까지 달려갔다. 전력을 다해 뛰어갔다. 바지 끝자락이 복숭아뼈 근처로 말려올라가는 게 눈에 보일 정도였다. 거무튀튀한 발목이 먼발치에서도 뚜렷했다. 양말도 신지 않았던 모양이었다.

진짜 춥겠다.

나는 저만치 사라져가는 에그의 뒷모습을 바라보면서 혼자 중얼거렸다.

3

에그는 단란주점 웨이터였다. 그의 사장은 한창 바쁜 자정 즈음, 주방에서 혼자 계란을 부쳤다.

술을 팔아야 돈이 남지, 아가씨 팔아봐야 돈이 남나. 술을 먹이려면 계란부터 먹여야지. 계란부터 먹여, 계란부터 먹이라고.

술 깨는 데는 계란만 한 게 없다. 사장의 믿음은 확고했다. 계란, 계란! 그가 하는 말이라곤 오로지 계란뿐이라고 해도 과언이 아닐 정도였다. 화장실에서 구토를 하다가 비틀거리며 나오는 아가씨들을 불러다가 계란 프라이가 담긴 접시를 손에 들려 룸으로 돌려보냈다. 에그를 포함한 다른 웨이터들의 손에도 같은 접시를 수시로 옮기게 했다. 노랫소리가 쉼 없이 흘러나오는 룸 안으로 계란이 담긴 접시가 끊임없이 전달되었다. 에그는 술을 입에도 대지 않았지만 사장이 부쳐낸 계란 프라이만큼은 제일 많이 먹어치웠다. 그에게 계란은 술기운을 물리치는 음식이 아니라 유일한 단백질 공급원이었다.

계란을 먹지 않으면 죽을지도 모른다고 생각하던 시절이었다. 계란이라도 먹어야 얼굴에 핀 버짐도 낫고, 단골 이름을 잘 외우지 못하는 건망증도 나아질 테고, 웃을 때마다 입가 근육이 부들부들 떨리는 일도 줄어들 터였다. 몸 군데군데 알 수 없는 멍이 자꾸 생기는 것도 계란 프라이를 덜 먹어서라고 믿었다. 그는 가스레인지 앞에서 쉴 새 없이 계란을 부치고 있는 사장에게 얻어먹는 것도 모자라 손님에게 갖다주는 체하면서 접시에 입을 대기도 하고, 손님이 남기고 간 것을 손으로 집어먹기도 했다.

웨이터 생활을 하는 내내 흰 셔츠의 소맷자락이 노랬다. 입가에 묻은 노른자를 매일 훔쳐내다보니 소매

끝이 샛노랗게 물들어버렸다. 한겨울에 콧물을 닦느라 소매를 코밑에 대면 비릿하고 짭조름한 냄새가 훅 끼쳤다. 잘근잘근 씹어 먹으면 짠물이 배어나올 정도였다. 그는 그 맛과 냄새에 결코 질린 적이 없었다.

메뉴판에 계란 프라이 말고는 단백질을 섭취할 만한 안주가 없거든요.

육포도 있었을 텐데요.

글쎄요. 그건 칼슘 아닌가요?

어느 인터뷰에서 그가 고개를 갸웃거리며 기자에게 되물었다는 일화는 유명했다. 그는 종종 TV프로그램에서 당시의 이야기들을 길게 늘어놓았다가 같은 말로 마무리했다.

아마도 그때 먹었던 계란 프라이들이 제 목소리를 좋게 만든 것 같아요. 오늘의 절 만든 것은 계란 덕분이죠.

그 바람에 그는 에그라는 별명으로 불리기 시작했다. 그가 애써 지은 예명은 금세 잊혔다. 실제로 그가 살아온 시간을 통째로 응축시킨다면 계란 한 알이 덩그러니 남겨질지도 모를 일이었다.

4

에그를 만나고 돌아온 뒤에 며칠을 뭉개다 겨우 책상 앞에 앉았다. 한낮에는 책을 읽고, 라디오를 들었다. 해가 지면 컴퓨터를 켰다. 인터뷰 원고를 빨리 끝내야만 소설에 매달릴 수 있었다. 원고지 이십 매 분량에 불과한 원고였지만 막상 녹취파일을 풀어보니 녹음 시간이 네 시간에 다다랐다. 정작 기사에 옮길 만한 이야기로는 마땅하지 않았다. 전혀 재밌지 않았다. 전혀 대단하지 않았다. 끔찍했다. 그의 이야기는 지나치게 불운했다. 심지어 불경했다.

기사가 실릴 잡지는 공기업에서 발간하는 거라서 제약이 많았다. 텔레비전에서 알려진 에그의 내력은 고아원 출신이라는 것과 포장마차를 운영하며 생계를 유지했다는 것, 평소에 노래 부르기를 즐겨 했고, 어느 날 단골이 휴대폰의 영상을 틀어주면서 지나가는 말로 도전해보라는 말에 끌려 오늘까지 왔다는 정도였다.

나는 에그의 목소리가 녹음된 파일의 재생 버튼과 멈춤 버튼을 수시로 번갈아 눌렀다. 멈춤 버튼을 누르면 에그의 목소리가 방 안에서 사라졌다. 에그가 추워 추워라고 말하면서 길 끝을 향해 질주하는 모습이 내내 떠올랐다. 담당자의 전화는 언제나 받기가 꺼려졌다. 일감을 받을 때도, 완수한 일감을 보낼 때도 마찬가지였다. 실제로 만난 적은 없었다. 목소리만 들어서는 또래 같았다. 언제나 말이 빨랐다. 그녀에게 전화가 걸려올 때마다 나는 긴장했다. 막상 전화를 끊고 나면 문자로도 해도 될 말을 굳이 전화까지 걸어 하는지 모르겠다고 혼자 툴툴댔다.

가끔 그녀를 상상했다. 반듯한 책상 앞에 턱을 괴고 앉아 내게 전화를 걸어 이런저런 잔소리를 늘어놓다가 노트에 내 이름을 쓰고 그 위에 여러 번 엑스 표를 그리는 모습을 말이다. 마감일이 아직 지나지 않았는데, 그녀에게서 전화가 걸려왔다.

작가님, 내일모레가 마감인 거 아시죠? 늦으면 안 돼요. 저희 일정도 빠듯하니까요. 그나저나 현장은 어땠어요? 잘하셨죠?

쏟아지는 질문에 무조건 네,라고 대답했다. 얼른 끊고 싶은 마음뿐이었다. 늘 그랬듯이 그녀의 전화를 끊고 나니 기분이 상할 대로 상해서 도무지 책상 앞에 앉아 있을 마음이 나지 않았다. 막상 원고를 보내면 가타부타 회신이 없었다. 벌떡 일어나 방 안을 왔다 갔다 했다. 잘했냐고 묻지만 않았어도 기분이 한결 나았을 것이다.

침대 위에 던져둔 카디건을 걸쳐 입고 곧장 집 밖으로 나갔다. 산책이나 할 작정이었다. 찬바람을 쐬면서 다음 소설을 구상하는 데 집중하고 싶었다. 요즘 나는 두 번째 소설을 쓰지 못해 골치가 아픈 지경이었다. 그 와중에 헤어지자는 말까지 듣고 나니 사는 데 진절머리가 났다. 무엇보다 담당자의 전화를 받고 나면 다 때

려치우고 소설만 밤낮없이 붙들고 싶은 마음만 커졌다. 도무지 아르바이트만으로 먹고살고 싶지는 않았다. 지금쯤 한두는 무얼 하고 있을까, 잠깐 생각했었다. 생각이라기보다 의심에 가까웠다. 한두는 내게 전부를 말하지 않았다. 우리가 헤어져야 하는 이유에 대해서 충분하게 설명하지 않았다. 한두는 오로지 귀책 사유를 내게 떠넘길 만한 것들만 골라내어 말했다.

곧 자정이었다. 산책하는 사람들은 드물었다. 날이 추워지기도 했고, 밤이 깊은 탓도 컸다. 천변이라 그런지 바람도 셌다. 바람에 맞서 걷기엔 걸쳐 입은 겉옷이 충분히 두껍지 않았다. 얼마 걷지 못하고 천변을 빠져나와 동네를 가르는 도로의 보도를 걷기로 마음을 바꿨다.

왕복 사차선의 교차로 언저리를 느릿느릿 걸었다. 대부분의 상가들이 셔터를 내린 상태였다. 간간이 도로 한가운데 버스들이 빠르게 내달렸다. 승객은 거의 없는 듯 보였다. 치킨과 맥주를 파는 작은 가게 앞을 지나 파란색 방수포로 가게의 전면을 가린 과일 가게

앞을 지났다. 횡단보도를 건너 천변 위를 가로지르는 다리를 건넜다. 검은 밧줄로 꽁꽁 묶은 포장마차와 그램 단위로 고기를 파는 식당과 족발집이었으나 곧 상호가 바뀔 공사 중인 상가를 지났다.

또 횡단보도가 나타났다. 때마침 파란불이었다. 건널까 말까 고민하며 맞은편 도로를 쳐다보았다. 노랗게 빛나는 간판 하나가 있었다. 통유리창과 출입문 전체에 노란 시트지를 발라 안쪽을 전혀 볼 수 없게 만든 상점이었다. 성인용품점이었다. 들어가보지 않아도 내가 속속들이 알 만한 물건들을 파는 곳이었다. 얼핏 유리창에 사람 그림자가 어른거렸다. 나는 그림자의 실루엣을 제대로 보기 위해 미간을 잔뜩 찌푸린 채 보도 아래로 발을 내딛었다. 최근 시력이 급격하게 나빠져 밤눈이 특히 어두웠다.

실루엣의 주인공은 키가 작고 단발머리인 듯했다. 신호등의 파란불이 빠르게 깜박거렸다. 단숨에 횡단보도를 건넜다. 바로 코앞에 서서 노란 불빛을 쐬었다. 그사이 사람의 그림자는 없어졌다. 아무 소리도 새어 나오지 않았다. 장담할 순 없지만 상점 안을 지키고 있는 사람은 여자일 것 같았다. 용기가 났다.

출입문을 밀자 도어벨 소리가 쨍쨍하게 울렸다. 안쪽의 검은 커튼이 걷히더니 사람 머리가 불쑥 튀어나왔다. 몸통은 보이지 않았다. 작을 줄 알았는데 머리 높이가 제법 높았다. 다행히 여자이긴 했다. 단발머리는 아니었다. 정수리 위쪽에 바짝 묶어 올려 뒤로 늘어뜨린 기다란 파마머리가 넓게 퍼뜨려져 있었다.

구경하시게요?

그녀가 탁하고 가라앉은 목소리로 물었다. 나는 짐짓 활기차게 그렇다고 대답했다. 남자의 성기를 본뜬 자위기구들을 건성건성 보고 콘돔상자를 들었다 놓았다. 비슷한 용도의 크림과 연고의 사용법을 읽고 여자의 질을 흉내낸 실리콘 덩어리들을 쿡쿡 찔렀다.

만지지 마세요.

갑자기 커튼 안에서 좀 전과 다른 목소리가 들렸다. 나는 화들짝 놀라 손을 뒤로 감추었다. 남자 목소리였다. 여자 얼굴 대신 웬 남자 얼굴이 나를 지켜보고 있었다. 그 역시 몸통은 보이지 않았다. 머리 높이가 여자보다 낮았다. 나는 두 손으로 입을 가리고 뒷걸음질

쳤다. 뭐에 홀린 것 같았다.

남자 것은 만져도 되는데, 여자 것은 만지지 마세요.

그는 태연하게 말을 이었지만 나는 겁에 질릴 대로 질려 있었다. 마치 선생에게 하듯이 그에게 공손히 인사를 하고, 일부러 여자의 것을 사고, 부랴부랴 상점을 나왔다. 어두운 길가로 나오니 숨쉬기가 한결 편했다. 평소와 달리 호기를 부린 내가 한심스러웠다. 호기를 부렸으면 끝까지 의기양양하게 굴어야 했다. 나는 내가, 다른 누구도 아닌 나 자신에게 억지를 부렸다는 것을 알았다. 너무 무서우면 예의 바른 학생처럼 행동하는 게 가장 나다운 행동이었다.

한두, 혼자서 그 이름을 불러보았다. 번번이 때를 놓쳐 목 안으로 삼켜버린 이름, 한두. 오래전부터 명치께 걸려 있던 뼛조각이 저절로 튀어나오는 듯했다. 하지만 내가 부르는 그 이름은 여전히 어색하고 민망했다. 조용한 지하철 안에서 혼자 재채기를 연달아 해대는 기분이었다.

집으로 걷다보니 슬며시 우스웠다. 무서움이 좀 가시니까 저절로 커튼 뒤를 상상하게 되었다. 가려진 몸뚱이와 드러난 얼굴의 이상한 조합을 떠올리면서 어쩜 그리 기척 없이 존재할 수 있는지 헤아려보았다.

실실 웃음이 났다. 웃다보니 웃는 일이 아주 만만해져서 배를 잡고 큭큭 웃었다. 만지지 말라는 그 말이 세상에서 가장 웃긴 농담 같았다. 검은 커튼 뒤에 얼굴조차 숨겨버린 한두의 농담. 거짓말을 들키지 않으려고 건네는 나쁜 농담. 모든 게 너의 잘못이지 않냐고, 할 말이 없지 않냐고 떠보는 똑똑한 농담. 그리고 내 손에 들려진 여자의 것. 생각보다 훨씬 무거운 그것.

5

에그는 태어나자마자 버려졌다. 고아원 앞에 버려져 있었다고 했다. 그래서 고아원에서 자랐다. 아버지는 아니었지만, 아버지라 부를 만한 사람도 있었다. 어머니는 아니었지만, 어머니라고 부를 수 있는 사람도 있었다.

하지만 다른 아이들보다 아버지를 아버지라고 더 자주 불렀다는 이유로 한밤중에 이불 위로 주먹이 날아들었다. 다른 아이들보다 어머니를 더 자주 찾았다는 이유로 식탁 아래를 오가는 여러 개의 발끝에 무참히

채였다. 찍소리도 내지 않고 단팥빵을 한입에 욱여넣고 우유를 단숨에 들이켜고 서둘러 의자에서 물러나지 않고선 피할 도리가 없었다.

매일 얻어맞고 보니, 부모가 뭔지 몰랐으나 저절로 알게 되었다고 했다. 부모는 애당초 없는 것이었다. 아무리 아버지를 아버지라고 불러도 아버지가 아니고, 아무리 어머니를 어머니라고 불러도 어머니가 아니고, 아무리 형이라고 불러도 진짜로 형인 사람은 아무도 없었고, 누나도 없었다. 아버지라고, 어머니라고 불러도 된다는 게 아니라 그렇게 불러야만 했다. 그래야만 그나마 가족 같았을 뿐이었다. 부모가 아니라 부모 같았을 뿐이었다.

결국 에그는 여섯 살 때 고아원을 떠났다. 도망쳤다고, 에그는 표현했다. 여섯 살짜리 꼬마가 집을 뛰쳐나갈 마음을 먹었다는 게 나는 잘 이해되지 않았다. 고아원에서 자란 에그에게 그곳은 어쨌거나 집이었을 텐데, 집으로부터 멀리 도망쳐야겠다는 결심이 가능한 상황을 상상하기란 쉬운 일이 아니었다.

누가 때렸나요?

아니요.

굶겼어요?

아닐걸요.

근데 왜 그랬어요?

싫었어요.

뭐가요?

애들이 너무 많았어요.

그게 어때서요?

그럼 미안해지는 일들도 많아지거든요.

녹음기를 잠시 끄고, 나의 여섯 살을 떠올려보았다. 그해 봄에 나는 유치원을 다니기 시작했다. 좀 늦었다. 4월 즈음부터 다녔다. 엄마 손에 억지로 이끌려 갔다가 나 혼자 남겨졌다. 엄마가 웃으면서 나를 두고 가는 것을 울면서 지켜보았다. 옆에 있던 여선생이 내 손을 꽉 쥐고 있지 않았더라면 벌써 튀어나가고도 남았다.

엄마가 시야에서 사라지자 선생은 나를 빈 교실에 데려갔다. 잠깐만 기다리고 있어. 나는 교실 벽을 바라보며 선생이 돌아오기를 기다렸다. 도화지에 그린 그림들과 이름들이 벽에 빼곡했다. 나와 같은 이름이 있을까 찾아보았다. 다 읽기도 전에 선생이 돌아왔다. 유치원 원복을 손에 들고 있었다. 선생이 지켜보는 앞에서 옷을 갈아입었다. 한 벌인 노란 옷을 입고 우두커니 서서 선생을 쳐다보았다. 머리칼이 헝클어졌으나 선생은 매만져주지 않았다. 집에 가기 직전에야 그녀는 내 머리를 빗질했다.

엄마가 나를 때맞춰 데리러 왔다. 선생이 엄마의 손에 커다란 종이가방을 쥐여주었다. 아침에 내가 입고 왔던 옷이었다. 엄마는 가방을 두 손으로 쥐고 이런저런 질문들을 선생에게 쏟아부었다. 그러는 동안 선생은 수시로 내 정수리를 쓰다듬었다. 한시라도 빨리 엄마 옆으로 자리를 옮기고 싶었다.

엄마는 종이가방을 들고 있느라 내게 손을 내어주지 않았다. 기다리라는 명령을 받은 개처럼, 나는 엄마를 간절한 눈으로 바라보았다. 기다리는 시간이 점점 길어지자 간절하게 도망치고 싶었다. 나는 꼼짝 못하고 한 발로 다른 한 발을 꾹꾹 누르며 서 있었다.

마침내 두 사람이 서로에게 고맙다는 인사를 연거푸 건넸다. 대화가 거의 끝나간다는 신호였다. 선생이 나에게 신발을 신겨주었다. 엄마는 가만히 바라보고 있었다. 흡족해하는 눈치였다.

　선생이 나를 엄마 쪽으로 살짝 밀었다. 나는 엉거주춤하며 엄마 곁으로 다가갔다. 엄마가 종이가방을 한 손에 그러쥐고 남은 손을 내 목덜미에 얹었다. 엄마의 손이 무겁게 느껴졌다. 고개가 저절로 숙여질 정도였다.

　엄마가 허리를 잔뜩 구부려 내게 물었다.

　오늘 뭐 배웠어?

　미안해.

　엄마가 눈을 동그랗게 떴다. 나는 선생이 오늘 내게 가장 많이 시켰던 말을 읊었다.

　친구야, 미안해 그리고 사랑해.

　그건 마치 노랫가락 같아서 금방 입에 붙었다. 엄마는 잇몸을 드러내며 활짝 웃었다.

　친구를 사귀었나보네.

　엄마가 자랑스럽다는 듯, 내 목덜미를 어루만졌다.

그날이 여섯 살 무렵 가장 또렷하게 남아 있는 기억이었다. 이후는 딱히 떠오르는 바가 없었다. 졸업사진이 남아 있지만 졸업식을 했었는지조차 모를 만큼 깡그리 잊었다. 무엇을 잊었는지 알아낼 방법이 아주 없진 않았지만 남아 있는 기억들과 크게 다를 것 같지도 않았다. 초등학교를 다니던 시절과 뭐 그리 다를까 싶은 것이다. 십대를 넘기고 이십대를 지나던 날들과 달라봤자 얼마나 다르겠나 싶은 것이다. 그저 도망치고 싶었던 순간은 언제나 있었으나 도망치지 않았다는 사실만 분명하게 남았다.

6

　오후 늦게 에그에게 전화가 걸려왔다. 대뜸 술 사줘
요, 투정을 부렸다. 오래 알고 지낸 사람처럼 굴었다.
저절로 몸과 마음이 움츠러들었다. 에그와 친해지면
안 된다는 경고가 귓가를 맴돌았다. 에그는 내가 망설
이는 기색을 재빨리 간파했다.

　배고파서 그래요.

　밥을 먹지 그래요.

　얼결에 대꾸를 하고 나니 그의 안부와 안위를 걱정
하는 대화가 이어졌다.

점심은 먹었어요?

라면 먹었어요.

나도 라면을 끓여 먹었지만 아닌 체했다.

그러니까 허기가 지죠.

추워서 그런 거예요. 벌써 영하래요.

11월이니까요.

겨울은 12월부터 아닌가요?

문득 그가 숫자만이라도 읽고 쓸 줄 아는지 궁금했다. 물어보기가 뭣해서 더욱 다정하게 대했다. 언젠가는 물어볼 수 있을까 싶어서 그랬다.

옷을 따뜻하게 입어요.

내가 입은 옷, 좋은 거예요.

나쁘다는 말이 아니었어요.

좋은 옷 입고 나갈 테니까 술 좀 사줘요.

그래 봤자 저번에 입었던 옷을 입고 나올 게 뻔했다. 나는 그가 가난한 사람이라는 것을 진작 간파했다.

중간에서 만나요. 그럼 나갈게요.

안 돼요. 우리 동네에서 먹어요. 제발요.

그 동네는 꺼림칙하다고 말하고 싶었지만 그가 또

웃을 것 같아 참았다.

안 돼요, 거긴 너무 멀고……

미처 변명을 다 꺼내놓기도 전에 에그가 우는 소리를 내기 시작했다. 훌쩍거리면서 제발, 제발이라며 애원했다. 정말 우는 것 같지는 않았다. 나는 침묵했다. 그가 울먹이며 애걸하는 소리를 계속 들었다. 그의 말대로 얼마나 잘 우는 사람인지 확실하게 알 수 있었다. 하도 맞아서요, 라고 에그는 설명했었다. 거절도 폭력인가, 우는 소리가 멈추지 않아서인지 더 버텼다간 내가 아주 나쁜 사람이 될 것 같았다.

마지못해 두 시간 뒤에 보자고 말했다. 지난번 우리가 헤어졌던 골목에서 만나자고 덜컥 약속했다. 에그는 여전히 훌쩍이며 전화를 끊었다. 막상 약속을 정하고 나니 아차 싶었다. 두 시간은 촉박했다. 거기까지 가는 데에만 두 시간이 족히 걸렸다. 당장 출발해야 겨우 약속시간에 맞춰 도착할 수 있었다.

나는 머리를 쥐어뜯었다. 세 시간 뒤라고 말하지 않은 것을 자책했다. 그가 우는 소리를 내는 바람에 그리된 것이었다. 우는 아이를 달래러 가는 먼 데 사는

엄마처럼, 한 시간을 아끼자고 스스로를 들볶은 셈이
었다.

일단 머리부터 감아야 했다. 허둥지둥대며 화장실로
갔다. 옷을 입은 채 샤워기 아래 서서 머리를 적셨다.
뒷덜미에 찬물이 확 뿌려졌다. 입고 있던 반팔 티셔츠
가 순식간에 젖었다. 머리에 거품 칠을 하다 말고 옷을
다 벗어 화장실 밖으로 내던졌다. 머리를 헹구고 린스
칠까지 하고 나니 온몸이 미끈거렸다. 린스가 물줄기
를 따라 흘러내린 탓이었다. 그 바람에 몸에도 비누칠
을 했다. 젖은 머리카락을 수건으로 둘둘 감고 화장대
앞에 앉았다.

드라이어로 몸부터 대충 말렸다. 청바지와 터틀넥을
꺼내 입고 머리칼을 말렸다. 스킨과 로션을 대충 바르
고 나머지 화장품들을 모조리 가방 안에 쓸어넣었다.
코트와 머플러를 손에 들고 가방을 어깨에 걸친 채, 버
스정류장을 향해 뛰었다. 버스 안에서 화장을 하고 지
하철 안에서 계속 빗질을 했다. 부서진 머리카락이 허
벅지 위로 떨어져내렸다. 옆에 앉아 있던 젊은 여자가

인상을 찌푸리는 모습이 맞은편 창에 비쳤다.

예상했던 대로 늦었다. 다행히 최악의 예상은 빗나갔다. 스튜디오가 있던 골목 모퉁이에서 숨을 고르고 시계를 보니 대략 삼십 분가량 늦었다. 휴대폰을 보았다. 에그로부터 아무 연락이 오지 않았다. 기다리고 있기나 한 건지, 약속을 하긴 했었는지 순간 의심스러웠다. 한두였다면 벌써 문자를 보냈을 것이다. 오는 길에 무슨 일이라도 생겼는지 걱정을 하고, 툭하면 약속시간을 어긴다고 화를 내고, 넌 늘 그런 식이라고 비난도 서슴지 않던 한두.

헤어질 즈음엔 나는 간다, 라는 문자만 달랑 날아오기도 했다. 설마 그러기야 하겠나 싶어 부랴부랴 가보면 정말로 집에 가고 없었다. 왜 기다리지 않았느냐고 물으면 간다고 했잖아라는 어처구니없는 답만 되돌아왔다. 그런 때에는 나도 집으로 발길을 홱 돌렸다. 예전 같았으면 쏜살같이 한두의 집으로 찾아갔겠지만 나중에는 그러거나 말거나 무심해졌다.

연인 사이는 별게 아니었다. 한쪽의 태도를 고스란히 따라하면 그뿐이었다. 그가 입을 내밀면 나도 입을 내

민다. 그가 내 등을 쓰다듬으면 나는 그의 등을 어루만
진다. 그가 바지를 벗으면 나는 치마를 벗는다. 그가 사
랑한다고 말하면 나도 사랑한다고 말한다. 그가 헤어지
자고 하면 나도 헤어지자고 말한다. 그뿐인 것이다.

그가 무심해지면 나도 무심해지게 되는 것이다. 내
가 할 수 있고 견뎌낼 수 있는 최대치의 노력을 기울여
무심해진다. 무심하게 굴려고 노력하고 있다는 것 자
체에도 무심해진다. 그게 사랑하는 사이의 가장 엄격
한 규칙이 된다. 하지만 그 사실만은 남아 있다.

나는 노력했다. 무심해지는 데 필요한 에너지가 그
를 사랑하는 데 소모되는 에너지보다 훨씬 컸기 때문
이었다. 도무지 노력하지 않을 수가 없었다.

7

　골목 입구에 들어서서 주위를 둘러보았다. 에그가 보이지 않았다. 어디선가 나를 지켜보고 있는 것 같았다. 실제로도 그의 시선이 몸에 와 닿고 있다는 게 느껴질 정도였다. 휴대폰을 꺼내 에그의 연락처를 찾았다. 가까운 건물 입구 아래로 걸음을 옮기면서 통화 버튼을 눌렀다. 신호음이 몇 번 울리지 않았는데, 에그가 전화를 받았다. 좀 전보다 한껏 들뜬 목소리였다.

　누나.

　그의 주위가 시끄러웠다. 나는 잠시 입을 다물고 있

었다. 그가 나를 누나라고 부른 것부터 마뜩지 않아서 일부러 사무적으로 응대했다.

　제가 근처에 도착을 하긴 했습니다만.

　마치 책 속 대사를 읽는 것처럼 딱딱하게 대꾸했다. 에그는 아랑곳하지 않고 성급하게 말을 이었다.

　누나, 어디에요? 골목으로 들어왔어요? 그럼 죽 직진해서 올라와요.

　에그는 자신이 있는 곳의 위치를 빠르게 설명했다. 나는 그가 일러주는 대로 발을 움직였다. 그의 설명이 끝나기 전에 얼른 도착하고 싶었다. 길을 헤매고 싶지도 않았고 여러 번 묻고 싶지도 않았다.

　오다보면요, 왼쪽에요, 우체국이 있는데, 거길 지나면요.

　나는 더더욱 빨리 걸었다. 뛰는 소리가 수화기를 통해 전해지지 않게, 숨소리가 가빠지고 있는 것을 들키지 않게 수화기를 막고 달렸다. 우체국을 지나 정비소를 지나 모퉁이를 돌아 노란 간판을 달고 있는 작은 술집을 발견할 때까지 나는 계속 전화기를 붙들고 있었다.

지하로 내려와요, 빨리 와요. 누나.

곧장 가게 안으로 들어가질 못하고 입구에서 서성거
렸다. 다시 한번 손거울을 꺼내 얼굴을 확인했다. 머리
카락을 쓸어내리고 바짓자락의 먼지를 털었다. 더 이
상 할 짓이 남아 있지 않았으나 어두컴컴한 계단 아래
로 쉽게 발을 내딛을 수가 없었다. 뭔가 결단이 필요했
다. 결심이었을지도 모른다.

이를테면 절대로 취해선 안 된다는 결단 혹은 결심.
술값을 계산해선 안 된다는 결단 혹은 결심. 누나라는
호칭을 허락해선 안 된다는 결단 혹은 결심, 자정을 넘
기기 전에 집으로 돌아가야 한다는 결단 혹은 결심.

결단을 내려야 하는 순간에도 결심은 확고해지지 않
았다. 이대로 왔던 길을 되짚어 돌아가든지, 망설임 없
이 지하계단을 내려가든지 둘 중 하나를 선택하고 추
후에 벌어질 일들을 겪어내야만 했다. 뭐든 못 견딜 만
한 일들은 아니었다. 다만 이 거리의 입구에 들어섰을
때부터 몸에 들러붙던 시선의 정체를 몰라서 답답할
뿐이었다. 에그의 시선인 줄 알았으나 에그의 것이 아

닌 무엇이 자꾸 나를 주시하고 있는 것 같아서 함부로 행동할 수가 없었다.

누군가 나를 목격하고 있다는 사실 때문에 불안했다. 그 시선은 마치 내가 앞으로 무슨 행동을 벌일지 알고 있는 사람의 것 같았다. 외출 준비를 하느라 바빠 서두르는 와중에 속옷을 갈아입었다는 것을 아는 사람의 눈, 갈아입은 게 아니라 골라 입었다는 게 더 맞지 않냐고 물어오는 눈.

누군가의 시선이 따라붙기 시작한 것은 바로 그 순간 부터였을지 모른다. 내가 팬티를 끌어올리던 그 순간.

8

단란주점의 웨이터가 되기 전에 에그는 약을 팔았다. 언니들이 주로 샀다. 언니들에게 약을 가져다주고 돈을 받아 형들에게 전달했다. 약을 팔아오라고 시킨 사람들도 형들이었다. 형들은 어쩌다 한 번씩 한데 모여 약을 했다. 약에 취해 돌아다닐 순 없으니 멀쩡한 놈이 하나 필요했다. 에그가 주로 그 역할을 맡았다.

건물 뒤에 붙은 낮은 창고나 오피스텔의 좁은 방으로 불려갔다. 형들과 언니들이 벽에 기대어 앉아 에그를 기다렸다. 한여름에도 반팔 차림이었고 한겨울에도 반팔 차림이었다. 다들 술에 잔뜩 취해 있었다. 에그가 문을 열고 들어서면 반갑게 맞아주었다. 어떤 언니들은 브래지어 차림으로 에그를 향해 손을 흔들었다. 깔끔하게 면도한 겨드랑이를 가리며 호들갑스럽게 웃었다.

에그가 무릎을 꿇고 그들 사이에 끼여 앉자마자 너나 할 것 없이 에그의 정수리를 거칠게 문지르고 어깨를 두드리며 우리 동생, 우리 착한 동생이라고 불렀다. 에그는 그들 모두의 착한 동생이었다. 그들 중 몇몇은 에그가 여섯 살 때부터 죽 알고 지내온 사이이기도 했다.

에그가 라면을 끓이는 동안 형들은 주사기를 꺼냈다. 가루약을 통째로 술병에 쏟아부었다. 그들은 사이좋게 팔뚝을 내밀거나 치마를 걷어올려 허벅지를 내보였다. 주사기 속 액체가 그들의 혈관 속으로 빨려들어 갔다. 술병이 서로의 손에서 손으로 옮겨졌다. 그들은 저마다 다른 꿈속으로 급격히 빠져들어갔다.

누군가는 군인을 흉내냈다. 그는 낮은 포복 자세로

좁은 방 안을 기어다녔다. 벌떡 일어나 앞구르기를 하다가 벽을 향해 총을 조준하는 시늉을 했다. 다른 이의 등 뒤에 숨어 염탐하는 체하다가 한참 동안 몸을 웅크린 채 숨어 있기도 했다.

환시에서 천천히 깨어날 때, 그는 언제나 심장을 움켜쥐고 데구루루 구르며 쓰러져서는 이내 깊은 잠에 빠졌다. 그는 군인이었던 적이 없었다. 군대에 갈 일도 없었다. 하지만 그는 언제나 꿈속에서 군인이었고 죽었다. 그 끔찍한 일을 겪으려고 수시로 약을 찾았다.

에그는 그들이 저마다의 악몽 속으로 끌려들어가는 것을 물끄러미 바라보았다. 혼자서 냄비째 라면을 먹었다. 계란을 골라 먹고 있으면 여기저기서 신음이 터져나왔다. 천장을 올려다보며 비명을 내지르는 무리 속에서 묵묵히 라면 가닥을 씹었다. 서로가 서로를 끌어안고 울다가 서로를 핥아주고, 서로의 몸에 토악질을 하고, 서로의 뺨을 후려갈기기도 했다.

깨끗하게 비운 냄비를 개수대에 던져놓고 에그는 문 앞으로 옮겨 앉았다. 그것이 에그의 임무였다. 빈 상자에 신발을 숨겨두고 문을 잠근 뒤에 상자 위에 걸터앉았다. 아무도 문 밖으로 뛰쳐나가지 못하게 수위처럼 지키고 앉아 형들과 언니들이 모두 쓰러질 때까지 허벅지를 꼬집었다. 그들이 패잔병처럼 눈물을 닦아내며 깨어나기를 기다렸다.

형의 별명은 빨대였다. 형이 출소를 하고 돌아온 날이었다. 몇 번의 전과 때문에 삼 년 동안 갇혀 있던 형이었다. 이례적인 형벌이었다. 길어봤자 한두 해면 풀려났으나 형은 만 삼 년을 꼬박 채우고서야 돌아왔다. 형은 출소하자마자 창고로 기어들어왔다. 겨울이었다. 누가 시키지도 않았는데 다들 하던 일을 모두 제쳐두고 빨대 형을 찾아왔다.

머플러 대신 마스크를 끼고 밤거리를 돌아다니던 형들이 줄지어 창고 문을 열었다. 주머니에서 갖은 약을 꺼냈다. 시커멓게 마른 빨대 형의 얼굴에 일순간 화색이 나돌았다. 빨대 형의 일장 연설이 시작되었다.

약이란 것도 말이야, 선생이 중요하단 말이야. 씨발, 내가 첫 스승을 잘못 만나가지고 약만 빨면 기지배를 찾는단 말이야. 이게 제일 안 좋은 거거든. 니들 중에 나한테 처음 배운 것들 없지?

그의 말을 듣고 있던 다른 형들이 주위를 두리번거리다 문 앞을 지키고 있는 에그를 손가락질했다.

쟤를 한번 가르쳐보든가.

에그와 빨대의 눈이 마주쳤다. 에그는 도리질을 하고 손사래를 쳤다. 빨대가 소매를 걷어붙이며 술병을 잡았다. 에그는 눈을 내리깔았다. 빨대가 술병을 잡고 일어서서 모두를 휘둘러보며 선전포고를 했다.

술병 다 비우기 전에 여자 하나 데리고 와, 그리고 오늘 이 방엔 나랑 저 새끼랑 기집애 하나, 이렇게 셋만 있는다.

형, 저 새끼가 뭐요. 우리 착한 동생한테.

모두가 크게 웃었다.

우리 착한 동생은 오늘 장사 접고 형이랑 있자.

빨대가 끝말을 길게 끌며 능글맞은 웃음을 흘렸다. 지켜보던 형들이 손바닥을 탁탁 털며 자리에서 일어섰다. 에그가 쭈뼛거리며 문에서 비켜섰다. 형들이 차례차례 에그의 어깨를 툭툭 치며 빠져나갔다. 순식간에 빨대와 에그, 단둘만 남았다.

이불부터 깔아놔라.

빨대가 술병을 입에 물고 말했다. 에그는 군말 없이
하라는 대로 움직였다. 구석에 세워둔 접이식 소파를
폈다. 소파는 정체를 알 수 없는 얼룩들로 뒤덮여 있었
다. 군데군데 구멍이 나서 스티로폼이 비죽 나와 있었
다. 에그는 바닥에 나뒹구는 먼지가 풀풀 이는 이불을
소파 위에 펼쳐 깔았다. 빨대가 기침을 해대며 욕을 뱉
었다.

너 여자랑 해봤어?

빨대가 담배에 불을 붙이며 물었다. 에그는 고개를
끄덕였다.

언제?

열한 살 때요.

누구랑?

언니랑요.

어디서?

가게에서.

먹혔네.

에그는 잠시 생각하다 대답했다.

네, 제가 먹혔어요.

빨대가 컥컥대며 웃었다. 그사이 술병의 반이 비워져 있었다. 때마침 문이 열리고 언니가 들어왔다. 에그도 잘 알고 지내는 언니였다. 언니는 에그를 보고 윙크를 해주었다. 에그도 함께 윙크를 했다. 언니는 빨대와 아는 사이였다. 둘은 지체하지 않았다. 서로의 팔뚝을 붙잡고 주사기를 꽂았다. 빈 주사기가 에그를 향해 날아왔다. 빨대가 에그를 손짓으로 불렀다. 언니가 빨대의 팔을 잡았다. 에그에게 가만히 있으라는 눈짓을 보냈다. 거기 앉아 있어. 오지 마. 개개풀린 눈이었지만 에그는 알아들었다.

에그는 라면을 두 개나 끓여 먹었고 세 개를 부셔 먹었다. 에그는 그들이 하는 짓을 바라보는 거 말고 달리할 게 없었다. 빈 냄비를 개수대에 갖다놓으면서 자신의 성기를 꺼내 들여다보았다. 몇 번 손으로 만지다가 금세 그만두었다. 다시 원래 앉아 있던 자리로 돌아가다가 에그는 빨대에게로 다가갔다. 그리고 그의 발꿈치에 걸려 있던 바지를 벗겨주었다. 빨대의 고추가 벌겋게 부어 있는 것을 보았다. 언니의 허벅지에 붉은 반점들이 커져가는 것을 보았다. 이불에 시뻘건 얼룩이 새로 생긴 것을 보았으나 누가 흘린 피인지는 몰랐다.

갑자기 빨대가 벌떡 일어났다. 에그가 어쩔 새도 없이 빨대가 문을 열고 뛰쳐나갔다. 찬바람이 훅 끼쳐들어왔다. 에그는 시린 한기에 놀라 움찔했다. 빨대는 신발도 신지 않고 으아아 소리를 내지르며 저만치 달려갔다. 뒤늦게 정신을 차린 에그가 빨대의 뒤를 쫓았다. 빨대는 보이지 않았다. 다만 저 먼 곳에서 으아아아 쉼없이 내지르는 비명만 들려올 따름이었다. 에그는 그 소리를 쫓아 뛰었다.

거리는 한산했지만 가로등이 환했다. 술에 취한 사람들이 불 꺼진 주점의 간판 아래 드러누워 있었다. 뛰면서 에그는 정신을 차렸다. 큰일이 났다. 에그는 더욱 빨리 달렸다. 빨대의 엉덩이가 보였다가 다시 사라졌다. 빨대는 동네의 중심을 향해 전속력으로 뛰었다. 큰일이 났다. 에그의 머릿속에는 그 생각뿐이었다. 등줄기에 식은땀이 줄줄 흘렀다. 빨대는 곧장 파출소로 뛰어들어갔다. 졸고 있던 파출소 대원들이 의자를 박차고 일어섰다. 빨대는 여전히 빳빳하게 서 있는 자신의 성기를 쥐고 흔들면서 외쳤다.

나 오늘 했다. 약도 빨았다. 나 오늘 존나 행복하다.

에그는 건너편에서 그 모습을 망연자실 지켜보았다. 진짜 큰일이었다. 목숨을 내놓을 각오 없이는 되돌아갈 수 없었다. 에그는 빨대가 바닥에 엎어지는 모습을 보았다. 마른 등 위로 쏟아지는 곤봉들을 보았다. 빨대가 매를 피해 몸을 여러 차례 뒤집으며 허우적거리는 모습을 바라보았다.

빨대의 엉덩이가 누렇게 젖었다. 곤봉들이 코를 싸쥐고 뒤로 물러났다. 빨대가 몸을 일으켜 자신의 엉덩이를 만졌다. 그의 손바닥에 누런 똥이 고스란히 묻어났다. 빨대가 두 손을 앞으로 길게 뻗어 곤봉들의 뒤를 악착같이 따라갔다. 헤벌쭉 웃으며 책상과 컴퓨터에 똥을 처발랐다.

곤봉들이 날아다녔다. 빨대는 용케도 날아오는 곤봉을 잽싸게 피했다. 만세를 부르며 알몸으로 파출소 안을 뛰어다녔다. 에그는 가로등 뒤에 몸을 숨기고 빨대가 하는 짓을 모두 지켜보았다.

저 새끼, 똥 쌌어.

혼잣말을 하는데도 에그의 목소리는 부들부들 떨렸다. 좁은 파출소 안에서 서로의 뒤를 쫓느라 맴을 도는 우습고 기이한 광경은 에그를 겁먹게 했다. 빨대의 말이 옳았다. 약은 선생이 중요했다. 빨대는 약만 빨면 파출소부터 찾았다. 곤봉을 찾았다. 매를 벌었다. 기쁨에 겨워 똥을 쌌다. 세상에 똥칠을 했다. 혼자 갇혔다. 에그는 도망쳤다. 첫차를 타고 서울에 내렸다. 그는 단란주점에 취직했다. 약을 팔지는 않았다. 술병을 나르고 계란을 날랐다. 스물한 살 때였다.

9

에그는 스물아홉 살이다. 나와는 네 살 차이였다. 술집에는 에그와 나 외에 다른 손님이 없었다. 우리는 구석 자리에 앉아 소주를 마셨다. 안주로는 어묵탕을 시켰다. 에그는 급하게 어묵 몇 개를 먹어치우고는 더 이상 손대지 않았다. 대신 소주를 빠르게 들이켰다. 어묵이 불어가고 있었다. 국물에 허연 기름이 떴다. 나는 버너의 불을 켰다. 국물이 단숨에 끓어올랐다. 냄비의 가장자리가 까맣게 그을렸다.

에그가 주로 이야기를 했다. 나는 에그의 이야기를

들으면서 거짓말일지도 모른다고 의심했다. 거짓말이
야. 영화에서 본 이야기들을 하고 있어. 이미 파다하게
알려진 에그의 과거사 전부가 거짓말일 수도 있겠다
싶었다. 그의 이야기를 모두 믿자니 내가 사는 세상과
너무 달랐다.

게다가 그의 이야기들은 어디서 들어봄직한 내용들
이기도 했다. 정말로 들어본 적은 없지만 막상 듣고 있
으면 익숙한 이야기들이 에그의 입에서 줄줄 쏟아져나
왔다.

정말 열한 살 때 가출했어요?

정작 내가 다시 한번 물어본 것은 그의 인생에서 가
장 평범한 부분일지도 몰랐다. 에그가 고개를 크게 끄
덕였다. 팅팅 불어서 맛없어진 어묵을 건져 먹었다.

살아져요?

되던데요.

에그가 쩝쩝 소리 내며 어묵을 씹어 삼켰다. 빈잔에
소주를 따르고 한입에 털어넣었다. 나도 함께 잔을 비
웠다. 에그가 소주병을 들고 나를 쳐다보았다. 내가 입
에서 잔을 떼자마자 빈잔에 술을 따라주었다. 내가 술

병을 넘겨받으려 하자 에그가 빈병을 흔들어 보였다.

한 병 더 시켜도 돼요?

나는 그러라는 의미로 눈을 깜박였다. 슬슬 취기가
올라왔다. 고개를 움직이면 눈앞이 어질어질했다. 에
그가 큰 소리로 소주 한 병을 외쳤다. 단골이라고 했
다. 사장이 자신의 팬이라고도 했다.

술집에서 일을 안 하니까 술을 마셔요.

술병을 따며 에그가 신기하다는 투로 말했다. 피곤
해 보였다.

근데 내가 술을 잘 먹더라고요. 술이 아주 세더라
고요.

잔에 술을 따르며 에그는 놀랍다는 듯 덧붙였다. 뭔
가 억울해 보였다.

누나는 술 좋아해요?

대답 대신 술잔을 들어 보였다.

잘 마시기도 해요?

들었던 술잔을 다시 테이블 위에 두었다.

응, 난 술 잘 마셔. 원래부터.

에그는 진지하게 내 말을 들었다. 나는 무안해져서

또 술잔을 들었다. 점점 더 혀가 심하게 꼬부라져서 말을 제대로 잇기가 어려웠다. 단어 하나하나에 힘을 주어 말하지 않으면, 말 같지도 않은 소리들이 새어나왔다. 아무리 그래 봤자 혀 짧은 소리만 두드러졌다.

근데, 누나 술집에서 일하는 여자 같아요.

에그가 턱에 팔을 괴고 천진하게 웃으면서 말했다.

예쁘다고요. 술집에서 일하는 여자처럼.

나는 갈피를 잡을 수가 없었다. 찬사도 아니고 조롱도 아니었다. 둘 다이기도 했다. 다른 사람의 말이었다면 진의를 단숨에 알아챘을 텐데, 에그가 하는 말들에 대해선 어떻게 반응해야 할지 오리무중이었다.

누나, 누나 애인은 뭐 하는 사람이었어요?

에그가 재빨리 화제를 돌렸다.

노는 사람.

내 입에서 왜 그런 대답이 나왔는지 나조차 모를 일이었다.

술도 못 마시는 게 맨날 노는 사람.

한두가 술을 입에도 못 대는 것은 맞는 말이지만 맨날 노는 사람은 아니었다. 오히려 한두는 놀 줄 모르는 사람에 더 가까웠다.

누나는 술 잘 마시는 사람이 좋아요?

에그의 어조가 의뭉스러웠다. 또 헷갈렸다. 에그의
물음이 한두를 의식하고 던지는 것인지 에그 자신을
가리키는 것인지 쉽사리 알아챌 수 없었다. 시계를 보
고 싶었다. 막차시간을 기억해둬야 했다. 벌써 집에 가
야 할 때가 되었을지도 몰랐다. 주머니를 뒤져 휴대폰
을 찾고 있는데 에그가 한 번 더 물어왔다.

술 잘 마시는 사람이 좋아요? 누나는?

순간 나는 에그의 비위를 맞춰주고 싶었다.

응, 그런 사람이 좋아.

말이 끝나기 무섭게 에그가 내 옆자리로 옮겨 앉았
다. 나는 주머니를 뒤지다 말고 바짝 붙어 앉아 있는
에그를 휘둥그레 쳐다봤다. 에그의 코끝이 내 코끝에
닿았다. 그의 코끝은 차가웠다. 피할 마음으로 머리를
뒤로 젖히는데 커다란 손이 목덜미를 감싸안았다. 서
늘하고 묵직한 손바닥이 내 뒷목을 붙잡고 있었다.

내 입술에 에그의 입술이 부딪혔다. 에그의 입술이
내 입술을 지그시 깨물었다. 키스를 하고 있다는 생각

을 했다. 아니 키스를 하고 있는 게 아니라 키스를 하고 있다는 생각만 하고 있었다. 그 생각이 나를 압도했다. 에그가 나를 안았다. 내가 에그의 품에 안겼다는 생각을 했다. 에그가 내게 기대고 있다는 생각을 했다. 비켜서면 쓰러진다는 생각도 했다.

몸에 힘이 풀렸다. 에그가 나를 안고 있지 않았다면 테이블 아래로 미끄러졌을지도 몰랐다. 에그의 허리를 잡았다. 에그를 내 몸 깊숙이 끌어당겼다. 끌어당기고 있다는 게 의식이 되었다. 눈이 스르르 감겼다. 감아야 할 순간이라는 생각이 들었다. 에그가 내 턱을 두 손으로 잡아 고개를 들게 했다. 억지로 눈을 떴다. 그의 얼굴이 정면으로 보였다.

에그는 웃고 있었다. 뺨이 홀쭉 패일 정도로 활짝 미소를 지었다. 그가 잘 웃는 사람이기도 하다는 것을 깨달았다. 순간 한두의 얼굴이 떠올라서 나는 웃을 수 없었다. 죄책감을 느껴서가 아니었다. 그럴 이유가 없었다. 죄책감을 느끼고 싶어 하는 것은 아닌지, 억지로 죄책감을 느끼려고 노력하고 있진 않은지 자문했다. 우는 연기라도 하고 싶은 건가 싶었다.

그래서 웃었다. 그래야만 한다고 생각했다. 잘 웃어보려 했다. 입꼬리를 올리려고 했다. 달싹거리는 입술에, 찌푸린 미간에, 만질만질한 콧날에 에그가 차례차례 짧은 키스를 했다.

짧은 한숨이 새어나왔다. 지금 연기를 하고 있다는 생각에 나는 푹 빠져 있었다. 그건 내 생각이 아닐 수도 있었다. 누구의 생각이건 나는 집중하지 않을 수 없었다. 에그가 나를 안아 일으켜세웠다. 내 가방을 자신의 어깨에 걸쳤다. 계산대 앞에서 내 가방을 열고 지갑을 꺼내어 내게 주었다. 나는 신용카드를 에그에게 건넸다. 값을 지불하는 것도 모두 섹스에 포함되었다.

에그가 계산대의 점원에게 신용카드를 내밀고 사인을 했다. 그의 사인은 기다란 동그라미 같았다. 지하계단을 오르는데 에그가 몇 번씩이나 멈추어 서서 내게 짧은 키스를 해댔다. 도무지 입을 다물고 있을 겨를이 없었다. 앞니가 부딪쳤고 웃다가 서로의 입술을 물고 숨만 내쉬다가 껴안았다. 계단 위 천장에 매달린 등이 환했다. 연기를 보여주기 아주 좋은 무대가 기다리고 있었다.

10

    에그의 몸에는 군살이 많았다. 흉터도 많았다. 팔뚝에는 작고 둥근 크기의 흉터들이 즐비했다. 팔뚝을 거슬러 어깨와 등에도 그런 자국들이 적지 않았다. 허벅지에도 같은 흉터들이 여러 개였다.

    그것은 폭력과 학대의 흔적들이었는데, 그렇다고 단박에 믿기에는 너무 많아서 확인하기가 싫었다. 싫었지만 알고도 싶었다. 그건 내가 겪지 못한 이야기이고, 내겐 그런 이야기들이 몹시 필요했다.

    나는 그의 몸 여기저기에 흩어져 있는 자국들을 손

가락으로 일일이 꾹꾹 눌렀다. 내가 호기심을 숨기지 못하고 성급하게 묻기 전에 그가 알아서 먼저 이야기 해주기를 바랐다.

담배빵이야. 형들이 나를 혼낼 때 그런 거야.

왜 혼이 났어?

몰라.

왜 가만히 있었어?

내가 잘못했으니까.

뭘 그렇게 잘못했어?

돈을 많이 못 벌었어.

왜 많이 못 벌었어?

무서웠어.

뭐가?

거긴 언제나 짭새들이 돌아다녔거든.

약만 팔았어?

아주 어릴 때는 껌도 팔고 담배도 팔았어. 열두 살 때부턴가? 그때는 약을 형들한테 갖다주는 일만 했어. 그러다 약을 팔았어. 형들이 시켰어.

왜 빨리 안 도망쳤어?

내가 노래를 잘하는 줄 몰랐거든. 진짜야. 나는 노래를 부를 줄도 몰랐거든.

에그는 나가떨어지듯 다시 깊은 잠에 들었다. 내가 아는 어떤 음치는 너무 슬프고 우울할 때, 혼자 노래를 부른다고 했다. 하던 일을 모두 내팽개치고 기대어 앉아 닫힌 방문을 더욱 꽉 내리누르며 종일 노래를 부른다고, 목이 쉴 때까지 노래를 부른다고 했다. 그 바람에 음치가 되었다고 우스갯소리를 했다. 자신의 슬픔이 노래를 망쳤으나 노래가 자신의 슬픔을 사그라뜨린 것은 여전히 유효하다고도 말했다.

나는 에그에게서 등을 돌리고 누워 내가 저지른 일들을 꼼꼼히 되새겨보았다. 저질렀다기보다는 내가 기꺼이 수락하고 동의해서 이루어진 일들을 머릿속으로 점검했다. 술김에 벌어진 일이었다. 비몽사몽간에 벌어진 일은 아니었다. 에그의 침대에 눕기 전까지 있었던 모든 일들을 머릿속에서 다시 되풀이했다.

술기운은 진작 말끔히 가셨다. 몸을 돌려 침대 위에 반듯하게 누웠다. 에그의 방을 찬찬히 둘러보았다. 아직 날이 밝으려면 멀었지만 방 안은 환했다. 커튼이 없었다. 창밖의 네온사인과 가로등과 달빛까지 모조리 방 안으로 들어왔다. 조금만 고개를 돌리면 방 안이 한눈에 보일 정도였다. 한쪽 벽 전체가 유리창이었다. 유리창 앞에 더블 침대를 두었다. 그 바람에 이불이 차가웠다.

원룸이었다. 가구라고는 침대뿐이었다. 커다란 양문형 냉장고가 싱크대 옆에 우뚝 서 있고, 책상은커녕 식탁도 없었다. 당연히 책도 없었다. 텔레비전이 없다는 것은 의외였다. 접이식 다탁이 냉장고 옆에 세워져 있었다. 현관 옆에 붙어 있는 화장실 문은 활짝 열려 변기가 훤히 보였다. 한두의 방과 크게 다르지 않았다. 다른 점이 있다면 한두의 방에는 식탁 겸 책상으로 사용하는 4인용 테이블이 방 한가운데 놓여 있다는 것과 냉장고의 용량이 다르다는 것뿐이었다.

테이블이 없어서인지 에그의 방은 넓어 보였다. 컴퓨터도 없고 오디오도 없었다. 의자도 없고 옷걸이도 없었다. 유리창 맞은편 벽의 붙박이장에 벗어 던진 옷

가지들과 새 옷들이 뒤엉켜 있을 게 빤했다. 거울도 없었다. 천천히 침대에서 내려왔다. 에그는 얇은 이불 여러 개를 겹쳐 덮고 있었다. 그중 하나를 조심스레 빼내어 발가벗은 몸에 휘둘러 감았다.

발끝을 세워 화장실로 향했다. 소변이 마렵지 않았다. 집 구경이나 할 생각이었다. 욕실화가 없었다. 고개를 빼꼼히 내밀어 문 뒤쪽을 찾아보아도 욕실화는 보이지 않았다. 화장실 바닥이 젖어 있지 않아서 불을 켜고 문을 닫고 맨발로 변기 앞에 섰다. 흘러내리는 이불을 바짝 힘주어 당겼다. 변기 뚜껑을 덮고 그 위에 앉아 바닥에 놓인 세면용품들을 찬찬히 살폈다. 마트에서 흔히 살 수 있는 샴푸와 린스, 보디클렌저가 나란히 서 있었다. 세면대 위에는 비누가 던져져 있고, 그 옆에 반쯤 쓰다 남은 치약이 삐뚜름하게 놓여 있었다.

파란색 칫솔이 거울에 붙어 있었다. 칫솔 손잡이에 치약 거품이 하얗게 말라붙은 채였다. 나는 변기에서 몸을 일으켜 거울 옆에 달려 있는 수납장 문을 열었다. 마른 수건들이 차곡차곡 개켜 있었다. 여분의 치약들과 비누들이 모여 있었는데, 브랜드가 모두 달랐다. 일

회용 면도기와 새것이나 다를 바 없는 향수와 화장품들도 그 안에 들어 있었다. 전부 저렴한 것들이었다.

거울을 들여다보았다. 눈가가 거뭇거뭇했다. 화장이 번진 탓이었다. 두루마리 휴지를 떼어 눈 밑을 닦아냈다. 손가락 끝에 치약을 묻혀 대충 이를 닦았다. 물소리가 안 나게 하려고 수도꼭지를 힘주어 들어올렸다. 입안을 헹구고 세면대에 기대어 잠시 눈을 감고 있다가 바닥에 쪼그리고 앉아 수챗구멍을 들여다보았다.

수챗구멍을 휘감고 있는 머리카락들은 대개 짧았고 구불거렸다. 에그의 갈색 머리카락이었다. 어둔 수챗구멍 깊숙한 아래로 물 내려가는 소리가 들렸다. 나는 고개를 기울여 수챗구멍 가까이 귀를 옮겼다. 물 흐르는 소리가 점점 멀어지는가 싶더니 곧 잠잠해졌다. 앉은 채로 등을 돌려 변기 레버를 눌렀다. 물 내려가는 소리가 콸콸 울려퍼졌다. 변기의 수조에 물이 차오르는 소리가 들리다가 금세 수챗구멍 아래의 보이지 않는 배관을 타고 흘러가는 소리가 이어졌다.

소리가 멈출 때까지 수챗구멍에 얽혀 있는 에그의

머리카락들을 노려보았다. 한참 보고 있으니 에그의
머리색과는 완연히 다른 검은색 머리카락이 보였다.
손을 뻗어 머리카락 뭉치를 빼냈다. 손톱을 세워 검은
색 머리카락을 빼냈다. 그것은 에그의 머리카락보다
훨씬 짧고 곱슬곱슬했다. 나는 단박에 그것이 음모라
는 것을 알아챘다. 변기에 그것을 버렸다.

그것은 변기에 떠 있었다. 물속에 있었다. 에그의 것
일 수도 있고 에그의 것이 아닐 수도 있었다. 분명 내
것은 아니었다. 하지만 그것을 주워서 버린 사람은 나
였다. 물은 달라졌다. 평평하게 고여 있던 물의 표면이
살짝 일그러졌다. 물의 색도 달라졌다. 그것이 변기 안
에 그림자를 드리운 탓이었다.

에그가 뒤척이며 잠꼬대를 했다. 나는 몸을 가리고
있던 이불자락을 바짝 당겨 잡았다. 문득 한두의 집에
두고 온 물건이 있다는 생각이 들었는데 딱히 무엇을
두고 왔는지 기억나지 않았다. 중요한 물건일 리는 없
었다. 그렇다고 해서 그냥 거기 두기도 뭣했다. 일부러
한두의 집에 버린 게 아니었으니까. 애써 찾지 않으면
잃어버린 게 되고 마니까.

또 에그가 중얼거리는 소리가 들렸다. 나를 찾는 소리는 아니었다. 변기 안을 멍하니 바라보았다. 그것은 여전히 떠 있었으나 슬쩍슬쩍 흔들렸다. 변기 레버를 누르려다 말고 뚜껑을 내렸다. 뚜껑 위에 걸터앉아 침대 쪽을 보았다. 이불을 머리끝까지 뒤집어쓴 에그가 거기 누워 있었다. 에그의 몸이 움찔거렸다. 곧 깨어날 태세였다. 나는 벌떡 일어나 화장실 문을 닫았다.

11

열한 살 때 에그는, 유흥가를 떠돌며 껌을 파는 불쌍한 고아에 불과했다. 대개 에그를 불쌍히 여기고 반갑게 맞아주었지만 몇몇 취객들은 그렇지 않았다. 웨이터들은 에그가 손님이 든 방에 아무 거리낌 없이 드나드는 것을 묵인했다. 에그가 껌을 팔아 벌어들이는 돈이 결국엔 자기 주머니로 돌아올 것임을 알고 있기도 했지만 가장 큰 이유는 그들이 하나같이 에그를 좋아했기 때문이었다.

에그는 그들 사이에서도 가장 불운한 인생의 주인

공이었다. 아무도 자신이 에그만큼 불행하다고 말하지 못했다. 바로 그 때문에 에그는 가장 만만한 화풀이 대상이자 유일하게 동정할 수 있는 대상이었다.

에그는 지독한 골초였다. 여덟 살 때, 형들에게서 담배를 배웠다. 형들은 담배를 물고 있는 어린 에그를 바라보면서 배를 잡고 웃었다. 서로 담뱃불을 붙여주겠다고 난리였다. 에그는 형들이 웃는 게 좋았다. 형들만이 에그에게 밥을 사주고 우유를 사주었다. 우유를 사줬다는 게 중요했다. 형들 중 누구도 우유를 좋아하지 않았다. 그들은 밤새 여러 잔의 커피를 마셨다. 에그에게만은 꼭 우유를 사주었다. 우유를 건네면서 우리 막내라고 불렀다.

우리 막내, 담배 피울까?

놀리듯 에그에게 담배 한 개비를 건넸고 에그는 마다하지 않았다. 나중에는 아예 에그가 먼저 형들에게 손을 내밀었다.

형, 나 담배 좀.

형들은 그런 에그를 기특해하다 못해 심지어 자랑스러워했다.

일요일이었다. 손님이 드문 날이었다. 휴가철이었
다. 언니들도 대부분 쉬었다. 에그 또한 바쁠 게 없었
다. 거리를 돌아다니는 에그의 걸음도 단박에 여유로
워졌다. 몇 걸음 걷다 말고 담배를 꺼내 물었다.

거리는 한산했다. 몇몇 간판은 아예 불이 꺼져 있었
다. 배포 큰 사장들은 아가씨와 웨이터들을 데리고 태
국이나 필리핀으로 짧은 여행을 떠나고 없었다. 에그
는 불 켜진 곳을 눈으로 더듬으며 허리에 둘러맨 힙색
을 괜스레 흔들었다.

힙색은 항상 두 개씩 차고 다녔다. 허리 앞으로 멘
것은 껌과 담배가 들어 있고 엉덩이 쪽으로 멘 것은
천 원짜리가 가득 들어 있었다. 껌은 한 종류로 여러
개였고, 담배는 여러 종류로 한 갑씩 들고 다니며 모
두 비싼 값에 팔았다. 맘씨 좋은 언니들이 손님들에게
불쌍한 애라고 귓속말이라도 해주면 에그에게 만 원
짜리 서너 장이 팁으로 들어왔다. 그런 일은 잦았다.
물건을 얼마나 팔고 팁을 얼마나 얻느냐는 모두 언니
들에게 달려 있었다.

에그는 언니들의 말을 잘 따랐다. 애교를 떨기도 하

고 궂은 심부름도 도맡아 했다. 통 큰 언니들은 에그에게 별일 없이 용돈을 건네기도 했다. 공돈이 생기면 한낮에 아무도 모르게 버스를 타고 옆 동네까지 가서 햄버거나 피자를 사 먹었다. 돈을 모을 생각은 하지 못했다. 에그에게 돈을 모아야 한다고 처음으로 알려준 사람은 서울에서 만난 언니들이었다.

불 꺼진 가게들이 너무 많아서 에그는 맥이 빠졌다. 화도 났다. 이유는 몰랐다. 놀고 싶거나 쉬고 싶은 마음이 드는 것도 아니었다. 컴컴한 게 싫었다. 술에 취한 아저씨들이 어깨동무를 하며 문 연 가게를 찾느라 발길질을 하며 거리를 돌아다니는 걸 보고 있으니 속도 상했다. 에그는 피우던 담배를 내던지고 우르르 몰려가는 취객들을 쫓아갔다. 그들의 뒤꽁무니를 따라가며 소리 높여 불러세웠다.

사장님들, 어디 가세요?

금방이라도 고꾸라질 듯 걸어가던 무리들이 에그를 향해 뒤돌아섰다.

뭐냐, 이 꼬맹이는?

에그는 배시시 웃었다.

양복을 입은 남자무리들은 젊었다. 대략 삼십대 초반으로 보였다. 저들끼리 주고받던 대화를 훔쳐 들어보니 그들은 결혼식에 다녀오는 길인 듯했다. 에그는 잠시 아버지가 있다면 저 나이대의 저런 모습으로 밤길을 돌아다니고 있지 않을까, 생각했다. 어쩌면 저들 중에 내 아버지가 있는 건 아닐까, 생각했다. 그런 생각만으로도 금세 다른 삶을 상상할 수 있었다. 아무것도 팔지 않아도 되는 삶, 누구에게도 먼저 말을 걸지 않아도 되는 삶, 그런 삶을 상상했다.

너 삐끼야?

반짝이는 회색 양복을 입은 남자가 에그에게 다가오며 물었다. 에그는 주위를 둘러보았다. 평소였다면 길가에 나와 있는 의자마다 형들이 앉아 있었을 텐데. 지나가는 남자들에게 친한 체하며 가게 안으로 잡아끄느라 아주 시끌벅적했을 텐데. 불 꺼진 가게 앞에 텅 빈 의자들을 보니 무서웠다. 누구라도 금세 의자를 머리 높이까지 쳐들고 달려들 것 같았다. 담뱃불로 지진 자국들이 간지러웠다. 에그는 손 가는 대로 몸을 벅벅 긁었다. 뒷걸음질치며 에그는 큰 소리로 외쳤다.

저만 따라오세요. 제가 언니들 있는 데를 알아요.

남자들이 머리를 맞대고 키득거렸다. 그들은 오래 고민하지 않고 에그의 뒤를 허우적거리며 따라왔다. 에그는 그들과의 거리가 너무 좁혀지지 않게 종종걸음을 하며 앞서갔다.

12

할매는 일 년 내내 쉬지 않고 가게 문을 열었다. 할매의 아들이 빨대 형이었다. 아무도 할매의 가게를 해코지할 엄두조차 내지 않았다. 아가씨가 모자란 밤에 할매가 근처의 아무 곳에나 전화를 걸어 당장 아가씨를 보내라고 으름장을 놓아도 토를 달지 않았다. 다들 할매의 말에는 고분고분했다. 할매의 눈 밖에 나는 짓을 했다가는 빨대에게 무슨 짓을 당할지 몰랐다.

따지자면 빨대 형이 수시로 감방에 들락거려준 탓에 모두가 편했다. 짭새들도 한 구역에서 한 놈 이상을 잡아가려고 하진 않았다. 그건 룰이었다. 실적이 필요하다 싶으면 할매에게 와서 우는 소리를 하면 되었다. 할매, 딱 한 놈만 잡아갑시다. 그럼 알아서 누군가 자수를 했다. 일종의 교환이었다. 불시에 검문당할 걱정은 전혀 하지 않아도 되었다.

에그가 할매의 주점 앞에서 두 팔을 휘저으며 소리를 질렀다. 여기요, 여기. 에그의 목소리를 들은 할매가 가게 밖으로 나왔다. 멀리서 걸어오는 손님들을 확인하곤 에어컨 바람을 쐬고 있던 웨이터들을 부리나케 내보냈다. 에그의 뒤를 소란스레 따라오던 남자들이 흠칫 놀라며 걸음을 멈췄다. 웨이터들의 구둣발 소리가 너무 크기도 했고 덩치도 그들의 두 배만 했기 때문이었다.

에그는 괜스레 뿌듯해져서 볼웃음을 지으며 할매를 올려다보았다. 할매는 에그를 보자마자 부둥켜안았다. 할매라곤 하지만 머리칼도 검게 빛나고 허리도 꼿꼿했다. 목청도 칼칼했다.

아이고, 우리 약쟁이 새끼.

할매가 가슴팍으로 에그의 숨통을 틀어막다시피 껴

안고 좌우로 흔들었다. 에그는 두 손으로 할매의 허리춤을 붙들었다. 할매가 에그를 안은 채로 가게 안으로 들어갔다. 뒤이어 웨이터들이 손님들의 어깨를 들어올리다시피 끌고 들어왔다. 카운터 옆에 딸린 좁은 방에 모여 있던 언니들이 우르르 뛰쳐나왔다. 취한 남자들의 등 뒤에 달라붙어 빈방으로 밀어붙였다.

에그는 카운터 앞에 놓여 있는 낡은 소파에 할매와 나란히 앉았다. 할매가 냉장고 문을 열어 우유에 빨대를 꽂아주었다. 에그는 소리 내어 우유를 들이마셨다.

웨이터들이 바쁘게 주방과 카운터를 오갔다. 양주와 마른안주를 들고 노랫소리 가득 찬 방을 들락거렸다. 할 일을 얼추 마친 웨이터들이 에그의 곁으로 다가와 알은체를 했다. 에그는 입안의 우유를 우물거리며 형들에게 허리 숙여 인사를 했다. 형들은 거칠게 에그의 머리카락을 흩뜨려놓으며 말했다.

이따가 보자.

에그는 앞니 사이에 빨대를 물고 고개를 주억거렸다. 할매가 그 옆을 지키고 앉아 오물거리는 에그의 입을 싱글거리며 쳐다보았다.

우유가 바닥이 나자 할매 역시 자리에서 일어났다. 에그는 할매가 무얼 가지러 가는지 알았다. 명함 크기의 전단지 묶음이었다. 전라의 여자들이 몸을 뒤틀어 중요한 부위를 겨우 가리고 있는 사진이 인쇄된 명함에는 할매네 가게의 상호가 커다랗게 박혀 있었다. 할매는 담배와 껌에 그것을 끼워 팔기를 원했다. 취객들에게 나눠주고 주차된 차의 와이퍼에도 꽂아주기를 원했다. 에그는 순순히 그것을 받아들었다.

힙색에 명함을 욱여넣었다. 입가에 묻은 우유를 소맷부리로 닦아내었다. 이제 일을 할 시간이었다. 한 손에 담배를, 한 손에 껌을 들고 가게 안을 돌아다니기 시작했다. 음악소리가 새어나오는 방문을 차례차례 노크했다. 안으로 들어가자마자 허리를 구십 도로 꺾어 인사를 했다. 짙은 색깔의 매니큐어를 바른 손들이 일제히 에그를 향해 인사를 건네왔다.

에그는 고개를 푹 숙인 채 두 손을 머리 높이까지 들어올렸다. 펼친 손바닥 위에 담배와 껌이 나란히 올려져 있었다.

최대한 불쌍한 놈으로 보여야 한다. 그래야 만 원짜

리들이 담배와 껌 대신 손바닥을 차지한다. 이것은 공정한 교환이 아니라 일방적인 지불이다. 에그는 자신의 처지를 아주 잘 알았다. 싸고 보잘것없는 물건을 내어주고 비싸고 값진 것을 받아내야 한다. 그러기 위해서는 자신의 불행을 팔아야 했다. 말 한마디 하지 않고 그저 표정과 몸짓과 옷차림으로 모든 이야기를 전해야 하는 것이다.

에그는 부러 훌쩍이는 소리를 냈다. 한여름에 코감기가 걸린 어린아이처럼, 그들의 집에서 엄마 품에서 잠들고 있는 어린 아들처럼 최대한 몸을 웅크리고 울상을 지었다. 아마도 그래서일 거라고 에그는 말했다. 가리지 않고 다 먹었고, 계란을 수시로 먹어도, 우유를 남김없이 들이켜도 키는 자라지 않았다.

에그는 똑같은 짓을 여러 번 반복했다. 어깨를 잔뜩 움츠리고 고개를 조아리고 두 손을 높이 쳐들었다. 기다란 복도에서 조명이 반짝이고 음악 소리가 쩡쩡하게 울려퍼지는 문을 열고 울먹이는 소리를 냈다. 대여섯 개의 룸을 들락날락하다보면 어느새 엉덩이에 찬 힙색이 불룩해졌다. 에그가 할매네 가게의 마지막 방문을 열었을 때, 단 한 명의 사람이 반주를 틀고 노래를 부르고 있었다.

13

언니가 에그를 보고 손짓을 했다. 에그는 말없이 그 옆에 가서 앉았다. 언니는 에그의 어깨를 끌어안고 몸을 흐느적거리며 노래를 불렀다. 예약된 곡들이 화면 상단 위를 느린 속도로 흘러갔다. 에그는 그 글자들을 읽을 수 없었지만 예약곡이 매우 많다는 것쯤은 알 수 있었다. 화면 위의 하얀 글자들이 붉게 변했다가 다른 글자들로 뒤바뀌었다. 에그는 화면을 채우는 영상들을 바라보았다.

백인 여자들이 춤을 추고 있었다. 언니들보다 훨씬

벌거벗은 차림으로 흐느적거렸다. 화면 속 여자들과 자꾸 시선이 마주쳤다. 여자들은 금발 머리를 쓸어내리던 손으로 자신의 커다란 가슴을 만졌다. 두 손으로 자신들의 젖꼭지를 어루만졌다. 고개를 뒤로 젖혀 천장을 올려다보다가 갑자기 화면 밖으로 뛰쳐나올 만큼 강렬한 눈빛을 쏘았다.

에그는 움찔했다. 언니가 노래를 부르다 말고 에그를 자신의 가슴팍으로 끌어안았다. 얇은 튜브탑 아래 빳빳하면서도 무른 젖꼭지가 느껴졌다. 에그의 입이 저절로 벌어졌다. 우유 비린내가 에그의 콧속을 후볐다. 에그의 입에서 나는 냄새였다.

언니의 노랫소리가 점점 커져갔다. 언니가 에그의 얼굴을 자신의 사타구니 위에 닿도록 뒤통수를 내리눌렀다. 에그의 고개가 언니의 손길이 잡아끄는 대로 천천히 내려갔다. 에그는 숨을 멈췄다. 자신의 입에서 풍기는 냄새가 옮겨 묻을까, 더럽힐까 걱정이 되었다.

언니가 마이크를 옮겨 쥐었다. 언니가 일어서서 노래를 부르기 시작했다. 에그는 똑바로 앉으려 노력했다.

에그는 엉겁결에 언니의 허리를 끌어안았다. 언니

의 마른 등뼈에 뭉툭한 코를 묻고 죽고 싶어요 소리를 질렀다. 죽고 싶었다. 아니 죽는 줄 알았다고 에그는 고백했다. 노래가 끝나고 새로운 노래의 반주가 시작되자 언니는 에그에게서 몸을 떼고 한쪽으로 치우친 팬티를 가지런히 매만졌다.

언니가 에그의 뺨을 어루만졌다. 에그는 언니의 손바닥에서 우유보다 더 비릿한 냄새를 맡았다. 그 냄새가 코끝을 스쳐가는 순간, 에그의 입에서 왈칵 울음이 터져나왔다. 에그는 목을 놓아 울었다. 엄마, 엄마 부르면서 온몸에 열이 올라 벌게질 때까지 울었다. 그때 에그는 부모가 뭔지 조금은 알 것 같았다. 죽고 싶을 때, 부르는 이름이 바로 부모라고 말이다.

14

한두는 엄마와 단둘이 살았다. 아버지와는 어릴 때부터 떨어져 지냈다. 두 사람은 한두가 중학교에 입학할 무렵 헤어졌다. 완전히 헤어진 것이다. 그 전까지 둘은 일 년의 절반만 함께 살았다. 한 달을 같이 지내다 두 달을 헤어져 있다가 다시 세 달을 모여 살다가 또 한 달간 떨어져 지내는 식이었다.

아버지가 아주 떠났다는 말을 전해들은 날, 한두는 어이가 없어 코웃음을 쳤다. 오랫동안 한두는 상상해온 바가 있었다. 아버지와 어머니가 멀찌감치 떨어져

나란히 앉아 있고, 맞은편에는 한두가 양반다리를 하고 앉아 있다. 아들, 너는 누구랑 살고 싶니? 한두는 고민하는 체하면서 방바닥에 동그라미를 그리고 있다. 누구랑 살고 싶어? 그것은 한두가 등굣길과 하굣길에서 스스로에게 매일 던졌던 질문이었다. 상상 속에서조차 한두는 끝끝내 대답하지 못했다. 한두의 곁에는 늘 엄마가 있었지만 그날들을 두고 행복하다고 말하기가 싫었다. 아버지를 따라나선들 한곳에 오래 정착하지 못하는 그의 성격을 맞춰 살기도 불가능할 게 불 보듯 뻔했다.

한두는 자주 누가 더 나쁜 부모인지를 재고 쟀다. 그러다보면 자신에게 보다 이로울 삶의 방향도 가닥이 잡히지 않을까, 막연하게 생각했다. 행복해지고 싶기 때문이었다. 하지만 느닷없이 아버지가 아예 떠나버렸다는 통보를, 어머니의 무심한 목소리로 전해들으니 코웃음밖에 나지 않았다. 괜히 상상하고 고민했다는 게, 명백해졌기 때문이었다. 어머니는 한두의 코웃음을 전혀 다르게 알아들었다.

못 믿겠니?

한두는 이미 무관심했다.

니네 아버지가 우릴 버렸어.

엄마가 매조지듯 말했다.

상관없어.

한두는 길게 이야기하기가 싫었다. 엄마는 등을 돌리고 무릎에 고개를 파묻으며 웅얼거렸다.

우리, 용서하지 말자.

병은 오랜 시간을 들여 치명적으로 자란다. 한두의 엄마가 아프다는 말을 입에 달기 시작한 것은 그로부터 십여 년이 훌쩍 지난 뒤였다. 그 바람에 한두와 나는 짧은 여행조차 다닐 수 없게 되었다. 한두는 잠자리에 들기 직전 내게 전화를 걸어 엄마의 상태를 보고했다. 너도 자주 머리가 아프다고 하잖아? 가끔 내게 그렇게 물어보면서 엄마의 병을 별일 아닌 것처럼 여기고 싶어 했다. 나도 한몫 거들긴 했다. 두통을 모르고 사는 한두, 네가 제일 이상하다고 대답해버린 것이다.

머리가 아파.

한두의 엄마는 툭하면 머리를 싸매고 드러누워 잠을

잤다. 하루의 대부분을 잠만 잤다. 자는 동안에는 아프지 않았다. 달고 긴 잠이었다. 언제나 맑고 해사한 얼굴로 잠에서 깨어났다. 가벼워진 몸을 일으켜 집안일을 야무지게 해냈다.

집 안은 늘 깨끗했고 부엌의 살림살이들은 윤이 났다. 냉장고에는 갓 조리한 반찬들이 넘쳐났다. 오후가 되면 슬슬 머리가 아파왔다. 해가 중천에서 비켜설 시간이면 기다렸다는 듯 머리가 지끈거렸다. 초저녁에 달이 뜨고 기온이 내려가면, 일찌감치 요를 깔고 관자놀이를 쿡쿡 찌르며 누가 듣건 말건 연신 중얼거렸다.

머리가 아파. 머리가 아프다고.

그 말뿐이었다. 동네 병원에 가서 엑스레이도 찍고 CT사진도 찍어봤지만 머릿속은 깔끔했다. 의사는 해줄 말이 없어서 스트레스를 운운했다. 한두는 엄마를 그냥 자도록 내버려둘 수밖에 없다고 판단했다.

엄마, 자요. 더 자요.

아버지에게선 아무 소식이 없었다. 엄마는 아버지를 찾지 않았지만 한두는 자꾸 아버지를 생각했다. 엄마의 장례식을 상상하다보면 아버지에게도 상복을 입히

고 싶었다. 엄마는 아버지를 찾지 않았지만 밤이 깊어
지면 악랄한 표정을 지으며 외쳤다.

아프다고, 내가 아프다고. 이러다 죽겠단 말이야.

비명도 아니고 신음도 아니었다. 듣다보면 그것은
전보를 연상케 하는 말투였다. 위독. 조속한 귀가 바
람. 밤중에 내지르는 엄마의 성난 소리가 기적처럼 누
군가에게 전보가 되어 전해질 일이야 없겠지만 엄마는
확실히 이상했다. 아버지라고 대놓고 가리키진 않았지
만 가끔 혼잣말로 이죽거렸다. 그 새끼는 다 알고도 모
른 체한다며, 예전에 했던 말을 다시금 꺼냈다.

그 새끼, 진짜 용서하지 말자.

용서라는 단어를 다시 입에 담을 즈음, 한두의 엄마
는 기침을 하기 시작했다. 엄마가 처음 기침을 하던 때
를 한두는 정확하게 기억했다. 저녁을 먹고 있었다. 밥
을 먹다 말고 한두의 허벅지를 꽉 붙들고, 진짜 용서해
선 안 된다고 약속을 받아내더니, 엄마는 목에 뭔가 걸
린 것 같다고 억지로 캑캑거리다가 들끓는 기침을 토
해냈다. 휴지에 침을 연신 뱉어냈고 아무리 눈으로 들

여다봐도 가시는 없었다.

그날부터 기침은 걷잡을 수 없이 거세졌다. 단 십 분도 잠을 잘 수 없는 지경에 이르렀다. 한두 역시 잠을 이룰 수 없었다. 며칠 만에 기침은 그녀의 가장 큰 증상이 되었다. 두통은 뒷전이었다. 다시 병원에 갔다. 이번에는 머리 대신 폐 사진을 여러 장 찍었다.

폐암이었다. 한두의 엄마는 중환자실에 입원했다. 나는 한두를 걱정하며 자주 그를 찾아갔다. 그러다 그의 집에 머무르게 되었다. 어머니의 퇴원은 아무도 장담할 수 없는 일이었다. 나는 착실한 연인처럼 죽음의 그늘이 드리워진 그의 집을 청소하고 관리했다. 냉장고에 곰팡이 핀 음식을 내다버리거나 감자나 버섯을 볶아놓거나 설렁탕을 사다가 냉동실에 넣어두다가 그의 집에서 잠을 자고 청소를 하고 목욕을 하고 서랍을 뒤졌다. 옷장을 뒤지고 가방을 뒤졌다.

한두 엄마의 것이라면 모조리 뒤졌다. 가계부를 꼼꼼히 읽고 앨범에 들어 있는 사진의 뒷장까지 남김없이 들여다보고 많은 것들을 베껴 적었다. 저녁 면회를 마치고 들어오는 한두를 붙잡고 엄마의 상태를 일일이

캐물었다. 나는 많은 것들을 옮겨 적었다.

　기침을 멈추지는 못했으나 한두의 엄마는 의식을 잃지 않았다. 그녀는 중환자실에서 쉼 없이 이야기를 해대는 유일한 환자였다. 유일하게 모로 누워 있는 환자이기도 했다. 팔베개를 하고 고래고래 소리를 질렀다.

　나는 담배라곤 한 대도 안 피웠어.

　악을 쓰며 똥이나 싸게 해달라고 간호사들을 괴롭혔다. 중환자실에 입원한 순간부터 그녀는 똥을 누지 못했다. 세 끼를 꼬박꼬박 챙겨 먹고 더부룩한 배 때문에 종일 뒤척거렸다. 기침을 내뱉으며 아랫배를 쥐어잡고 똥구멍이 막혔다고 거침없이 막말을 해댔다.

　간호사들은 일주일에 한 번, 그녀의 항문에 관장약을 삽입했다.

　누워 있으세요. 가만히 좀 있으세요.

　간호사들이 그녀를 붙잡고 억지로 눕히려 해도 소용없었다. 그녀는 앉아서 누고 싶다고 떼를 썼다.

　그건 불가능해요.

　아무리 어르고 달래도 그녀는 막무가내였다. 매번

침대를 더럽혔다. 참다못한 간호사들의 손길이 매몰차게 변하면 그녀는 억울해했다.

나는 담배라곤 한 대도 안 피웠다니까.

하지만 그녀는 폐암으로 죽었다. 근 일 년간 버둥대며 앓다가 하루아침에 맥없이 기침을 멈추고 죽었다. 죽기 직전까지도 그녀는 고함을 질렀다.

그건 내가 잘못한 게 아니야. 내 잘못이 아니라고.

15

　글자를 읽고 쓸 줄 모르는 사람의 방에는 아무것도 없다. 읽을 수가 없으니 책은 가장 쓸데없는 물건이고, 쓸 수가 없으니 기록할 가치가 있는 이야기도 이 방에는 남아 있지 않다. 이 방에 있는 거라곤 에그뿐이다. 온몸에 흉터가 선연한 벌거벗은 남자의 몸뚱이만 침대 위에 드러누워 있다. 커튼도 없는 짙은 유리창에 얼룩덜룩한 알몸이 희미하게 비쳤다.

　아무것도 없는 방에서는 마땅히 할 일도 없다. 나는 에그를 내려다보았다. 둔해 보이는 몸과 맹한 얼굴을 뜯어보았다. 그의 몸 위로 드리워진 빛이 점점 밝아졌다. 바닥에 떨어져 있는 가방을 찾아 핸드폰을 꺼냈다. 빛을 피하느라 유리창에 등을 돌리고 누워 있는 에그를 찍었다. 에그의 찌푸린 얼굴과 맨몸을 고스란히 사진에 담았다. 몸에도 표정이란 게 있다면 에그의 몸은 그저 궁금해하고 있는 것 같다. 그 몸을 이야기라고 말해야 할지도 모른다.

핸드폰을 다시 가방에 넣고 바닥에 떨어진 속옷을 주워 입었다. 입고 온 옷이 터틀넥이라 망설이다 에그의 티셔츠를 입었다. 침대 위로 올라가 그의 옆에 누웠다. 에그의 등에 이마를 대고 눈을 감고 잠을 청했다.

옆에 누가 누워 있으면 확실히 잠이 달았다. 에그가 내 기척을 느끼고 몸을 돌려 나를 꽉 끌어안았다. 이불을 머리끝까지 끌어당겨 빛을 가렸다. 출렁이는 그의 가슴팍에 코를 박고 숨을 크게 내쉬었다.

누나, 간지러워요.

나는 일부러 후후 입김을 불었다. 에그가 키득거리며 웃다가 노래를 흥얼거렸다. 익히 알고 있고 종종 라디오에서 흘러나오기도 하는 가요였다. 나는 텔레비

전에서 에그가 그 노래를 부르는 모습을 본 적 있었다. 에그는 마이크 앞에 서서 두 손을 가지런히 모으고 두 눈을 지그시 감고 노래를 불렀다. 자세히 들여다보면 울기 직전의 사람처럼 얼굴의 모든 근육이 부들부들 떨렸다.

어디서 배운 노래야?

나는 글자를 읽고 쓸 줄 모르는 에그가 노래를 어떻게 배우고 연습하는지 궁금했다. 에그는 사장님에게 배운 노래라고 대답했다. 사장님이 가장 즐겨 부르던 노래라고 했다.

처음엔 너무 이상했어. 가스레인지 앞에서 노래 부르는 사람을 처음 봤거든.

서울역에 도망치다시피 당도한 에그는 한동안 역 근처를 맴돌며 살았다. 사람들에게 묻고 물어 가까운 유흥가를 향해 걸었다. 눈에 띄는 단란주점에 무작정 찾아가서 일을 시켜달라고 졸랐다. 사장은 에그의 이야기를 오래 듣지 않았다. 그를 방으로 데려가 옷을 갈아입혔을 뿐이었다. 그 노래는 사장의 애창곡이었다. 가

사는 꽤나 슬펐다. 헤어진 연인에 대한 그리움 때문에 더 이상 사랑을 할 수 없다는 내용이었다. 노래를 부르는 사장의 입가에는 언제나 미소가 맴돌았다.

첫 번째 오디션을 볼 때 에그 또한 환하게 웃는 얼굴로 그 노래를 불렀다. 그의 노래를 듣던 프로그램의 관계자들이 일갈했다.

카메라 앞에선 절대로 웃지 마세요. 최대한 슬픈 얼굴로 불러요.

두 손을 머리 위로 쳐들고 담배와 껌을 팔던 자신의 모습이 눈앞을 스쳤다가 사라졌다. 몇 번의 리허설 후에도 에그의 표정은 슬퍼지지 않았다. 도무지 슬퍼할 수가 없었다. 웃을 수도 없었다. 보다 못한 조연출이 그를 무대 뒤로 끌고 가 차라리 눈을 감으라고 충고했다. 두 손을 모으고 반듯하게 서서 노래를 부르라고 일일이 가르쳤다. 에그는 그의 말에 순종했다. 조연출의 손에는 늘 피우다 만 담배가 끼워져 있었다.

무대에 서면 눈을 감아도 머리 위로 쏟아지는 조명 때문에 눈이 부셨다. 더욱 질끈 눈을 감았다. 몸이 바들바들 떨려왔다. 앞이 보이지 않으니 몸이 먼저 예전의 기억을 떠올렸다. 우리 착한 동생에게 가해지던 주 먹질과 매질과 빨갛게 타오르던 담뱃불이 눈앞을 둥둥 떠다녔다.

에그의 이야기를 듣는 동안 나는 그의 허벅지와 허리와 팔뚝을 다정하게 쓰다듬었다. 오래 사귄 애인을 다루듯 그의 속살을 손가락으로 천천히 훑으며 간간이 이런저런 질문을 던졌다.

정말 연인 같았다. 나는 굉장한 연기를 하고 있는 것 같았다. 내겐 이런 시간이 필요했었다는 자각도 들었 다. 정말로 진작 그랬더라면, 나는 한두를 더 사랑했을 것 같았다. 사랑하는 연기도 했더라면, 그랬더라면 일 찌감치 더 사랑하는 방법을 알아냈을 것 같다.

16

그럼에도 불구하고 나는 처음에 대해 이야기하지 않을 수가 없다. 한두와 나는 지인의 결혼식장에서 만났다. 한여름 지방의 소도시에서 이루어진 결혼식에는 하객이 많지 않았다. 결혼식의 두 주인공은 어정쩡하게 서 있는 한두와 나를 함께 불렀다. 차비에 보태 쓰라며 흰 봉투를 건넸다. 돌아가는 길이 멀고 지루할 테니 이참에 둘이 말동무나 하라면서 한쪽 눈을 찡긋했다. 한두도 나도 당황했지만 숙맥처럼 보이기는 싫었다. 내심 그런 제안이 영 탐탁지 않은 것도 아니어서

보란 듯 뒤돌아서서 함께 식당으로 향했다.

마주 앉아 밥을 먹고 식장을 빠져나와 역으로 가는 택시를 탔다. 기차표를 사고 역 앞의 허름한 맥줏집에서 생맥주를 시켰다. 안주는 따로 주문하지 않았다. 술잔을 앞에 두고 한두와 나는 이제 막 공항으로 가고 있을 두 친구들에 대한 추억을 꺼내 놓았다. 신랑은 한두의 군대 동기였다. 녀석은 그때에도 매주 면회를 오는 애인이 있었다고, 가끔 녀석을 따라 외박을 나가면 녀석의 애인이 사주는 햄버거를 두 개씩 챙겼다고, 둘이 여관으로 들어가는 모습을 밖에서 지켜보다가 혼자 PC방에 가서 밤을 새웠다고, 한두는 웃었다.

신부는 내가 대학교를 졸업하던 그해 아르바이트 삼아 다녔던 작은 교습소의 동료였다. 그녀는 자주 울었어요. 외롭다는 말을 달고 살았고요. 그녀는 어떤 남자도 한 달 이상 만나지 않았는데, 쉽게 한눈에 반해 사랑에 빠져버리는 그녀의 기질 때문이었어요. 나는 가끔 그런 그녀를 나무라기도 하고 치켜세우기도 했는데, 불안한 마음이 제일 컸어요. 나쁜 사람을 만나면 어쩌나, 나쁜 일을 당하면 어쩌나, 걱정하는 마음도 컸어요. 이제 그런 걱정을 대신 해주지 않아도 되겠어요. 한두는 내 이야기를 듣다가 그렇다면 다행인 거네요, 라고 맞장구를 쳤다. 아니죠. 나는 친구를 잃은 거죠, 라고 나는 대꾸했다.

한두와 내가 그들을 막 알아가던 때, 우리는 스물서너 살이었다. 스물서너 살의 한두와 나. 우리는 여태껏 한 번도 마주친 적 없는 사이라는 걸 알면서도 악착같이 그때의 자신에 대해서 이야기했다. 그 시절의 한두와 내겐 애인이 없었다. 우리는 그때의 외로움과 질투를 고백했다.

고백이 길어지자 그 시절의 울적함이 서로에게 바치는 훈장처럼 여겨지기도 했다. 우리는 서로의 이야기에 굉장히 들떠 했다. 스물서너 살에 아무도 사랑하지 않았다는 사실이 내심 다행스러웠다. 외로움에 대해 떠들면서 우리는 즐거웠다. 즐거워하고 있다는 사실을 서로에게 무람없이 드러냈다.

우리가 그때 만났더라면 좋았을 텐데요. 한두가 말하면 그럼 고작 한 달만 알고 지냈겠죠라고 대답했다.

중간중간에 농담처럼 서로의 나이를 재차 묻기도 했다. 서른 살이라니. 서른 살이라니까.

기차에 오를 때엔 양손 가득 캔맥주를 사서 나눠 들고 팔짱을 끼고 있었다. 나란히 앉아서 서로를 향해 몸을 틀어 수다를 떨었다. 주위의 승객들이 시끄럽다고 항의했다. 역무원이 다가와 조용히 해달라고 핀잔을 주고 갔다.

결국 객차에서 쫓겨나 화장실이 있는 통로에 쭈그리고 앉았다. 바닥에 궁둥이를 깔고 앉아 맥주를 마셔댔다. 통로에는 화장실에서 풍기는 구린 냄새가 진동했다. 우린 가끔 코를 싸쥐었지만 자리를 옮기지 않았다. 달리 숨어들 데가 없었다. 종착역이 가까워질수록 우리는 점점 통로의 구석으로 몸을 붙였다. 반팔 아래 드러난 서로의 맨살을 우연인 양 비볐다. 부주의한 몸짓이었고 헤픈 속임수였다.

모든 게 너무 쉽게만 느껴졌다. 처음에는 그랬다. 하지만 우리가 세 번째로 맞은 여름에는 많은 게 달라져 있었다.

연애 삼 년차에 접어들 무렵이었다. 어머니의 사십 구재를 치르고 돌아온 한두에게 나의 첫 책을 내밀었다. 한두에게 보내는 위로였다. 나의 행복이나 성취를 자랑하려는 의도는 아니었다. 한두는 침대에 엎드려 누워 있다가 내게 손을 뻗었다.

손이 더러웠다. 나는 우두커니 서서 그에게 봉투를 내밀었다. 안에 든 물건이 책이라는 것을 알고 한두는 나를 물끄러미 바라보았다. 한두의 얼굴도 지저분했다. 검댕이 묻어 눈썹 위와 아래가 시커멨다. 나는 한두의 한쪽 얼굴을 받치고 있던 베개를 흘깃 쳐다보았다. 하얀 베갯잇에 거무튀튀한 때가 묻어 있었다.

네 거야?

한두가 책을 든 손을 침대 아래 길게 늘어뜨린 채 물었다. 그는 좀처럼 기운을 차리지 못하고 내내 누워만 있을 모양이었다. 그게 보기 싫어서 책을 준 것인데, 한두는 놀라는 기색도 없고 감동을 받은 눈치도 아니었다. 심지어 책을 펼쳐 보지도 않았다. 한두가 나를 질투하고 있는 것 같았다. 그에게 찾아온 불행과 내게 찾아온 행복이 공교롭게도 같은 시기를 통과했기 때문일까.

나는 그런 한두에게 화가 났다. 사랑을 운운하며 꼬치꼬치 따지고 싶었다. 그렇다고 화를 내자니 나라는 사람이 너무 모질게 보일 것 같아 꾹 참았다. 어찌 되었건 한두는 엄마를 잃었고 아버지의 행방은 알 길조차 없는, 마치 고아나 다를 바 없는 신세였으니까.

나는 한두를 남겨두고 집으로 돌아갔다. 오랜만에 집에서 밤을 보냈다. 후텁지근하기는 우리 집도 매한가지였다. 졸업을 한 지가 언젠데 아직도 대학교 근처의 원룸에 살고 있는 내 신세가 안쓰러웠다. 한두에게서 전화가 걸려온 것은 그날 새벽이었다.

책 다 읽었어.

한두의 말투가 꼭 질문하는 것처럼 들려 나는 제때 대답하지 못했다.

다 읽었어.

한두가 강조하듯 다시 말했다. 그제야 나도 제대로 된 대답을 할 수 있었다.

고마워.

고마워?

또 내게 묻는 것처럼 들려서 나는 어쩔 줄을 몰랐다.

고마워.

재밌더라.

다행이야.

축하한다.

나는 너무 감격스러워서 울음을 터뜨리기 직전이었다.

근데 이거 네 이야기야?

아니.

한두가 너무 바보 같은 소리를 해서 눈물이 쑥 들어

갔다.

그치? 이거 네 이야기 아니잖아.

그건 소설이야. 그냥 소설.

너 왜 우리 엄마 사십구재에 안 왔어?

네가 오란 말 안 했잖아.

장례식 때도 금방 갔잖아.

그거야 내가 있으면 방해될 것 같아서.

너 우리 집에서 뭐 했어?

소설 썼잖아. 그 책을 보고도 몰라?

그럼 이 소설은 네가 쓴 게 아니네.

무슨 소리야?

네가 우리 엄마 삶을 팔아먹은 거라고, 우리 엄마를 이용한 거라고.

너무 어이가 없어서 말을 이을 수 없었다. 한두 역시 조용했다.

이건 네가 쓴 소설이 아니야. 이건 너의 책도 아니야.

한두가 아주 단호한 어투로 같은 말을 두어 번 강조했다. 나는 그저 바보 같은 한두를 대놓고 비웃지 않기 위해 한숨을 내쉬는 체했다. 한두는 인사말 없이 전화를 끊었다.

며칠 뒤 한두를 만났다. 한두는 책에 대해서 아무 이야기도 꺼내지 않았다. 대신 다니던 직장을 그만두고 공무원 시험을 준비하겠다는 결심을 밝혔다. 그는 자신이 말한 바대로 삶을 바꾸었다. 내가 보기에 그는 엄마의 죽음을 빌미로 보다 편안하고 쉬운 방식으로 살아가는 데 아무런 제약이 없다는 것을 아는 듯했다.

한두는 하루에 열여섯 시간을 독서실에서 보냈다. 자연스레 우리가 만나는 횟수도 줄어들었다. 그즈음

나는 이사를 했고, 한두의 집과 우리 집은 더더욱 멀어졌다. 한두에게 전화를 걸어 뭐 하느냐 물으면 한두는 책을 보고 있다고 심드렁하게 응수했다. 시험공부를 하고 있다는 뜻이란 걸 뻔히 알면서도 나는 드문드문 나쁜 꿈에 시달렸다. 한두가 내가 쓴 책의 페이지마다 빨간 사인펜으로 벅벅 엑스 자를 긋는 꿈.

17

에그는 살면서 딱 한 번 구걸을 한 적이 있었다. 서울역에 막 당도했을 때였다. 에그는 역의 대합실에 머물면서 삼 일을 굶었다. 기차에서 담배와 껌이 들어 있던 힙색을 버렸다. 엉덩이에 둘러멘 힙색에는 얼마 되지 않은 돈이 들어 있었지만 차마 쓸 수가 없었다. 무엇보다 힙색에서 돈을 꺼내는 순간 누군가 그 돈을 채어갈 것만 같아서 용기가 나질 않았다. 에그는 힙색의 돈을 온전히 자기 것이라고 생각해본 적이 없었다. 그래서 더더욱 돈을 꺼내어 셀 수조차 없었다.

사 일째 되던 날 아침이었다. 에그는 배가 고파 죽을 지경이었다. 역 안의 음료수 자판기 앞을 서성거렸다. 자판기의 음료수들을 흘깃거리면서 주린 배를 움켜쥐었다. 이른 아침이었다. 잘 차려입은 여자가 자판기 쪽으로 걸어왔다. 여자는 자판기 앞에 멈춰 서서 지폐 투입구에 천 원짜리 한 장을 집어넣었다. 에그는 자판기에서 두어 걸음 물러서서 여자를 끈질기게 바라보았다. 여자 역시 음료수를 고르다 말고 에그를 곁눈질했다. 에그는 용기를 내어 여자에게 한 걸음 다가갔다.

여자가 에그의 신발을 쳐다보았다. 신발은 아주 낡은 편이 아니었다. 당장 내다버릴 만큼 헌것도 아니었다. 지나가는 깡패에게 뺏길 만큼 새 것도 아니었다. 좋은 것도 아니었다. 여자는 손안에 쥐고 있던 동전을 소리 나게 만졌다. 에그는 몸에 맞지 않는 커다란 점퍼를 입고 있었다. 뭔가를 훔치거나 숨기기에 적합한 치수의 점퍼였다. 속주머니가 깊은 점퍼는 뭘 숨겨도 티가 나질 않았다.

여자는 에그의 옷차림을 샅샅이 살펴보았다. 에그는 여자에게 더 가까이 다가섰다. 의외로 여자는 에그를 피해 물러서지 않았다. 오히려 에그를 향해 정면으로 돌아섰다.

에그의 눈이 여자의 손으로 옮겨갔다. 여자는 손안의 동전을 더욱 요란하게 굴렸다. 에그는 두 발을 모으고 작고 두툼한 손을 가지런히 모았다. 고개를 숙이고 자신의 발끝을 내려다보았다. 손등에 검댕이 묻어 있는 게 눈에 띄었다. 여자 역시 에그의 손등을 쳐다보았다. 에그는 일부러 검댕이 묻은 손등으로 눈 밑을 닦아냈다.

돈 좀 주세요.

에그는 두 손을 내밀었다. 여자는 말없이 동전을 자판기에 넣었다. 버튼을 눌러 음료수를 꺼냈다. 그리곤 돈 대신 음료수를 내밀었다. 에그는 군말 없이 음료수를 받았지만 돈을 포기하기도 싫었다. 점퍼 주머니에 음료수를 찔러넣고 다시 두 손을 내밀었다.

여자는 지갑을 열었다. 에그는 그녀의 지갑을 쳐다보지 않으려고 고개를 더욱 푹 수그렸다. 여자는 지폐 두 장을 꺼내더니 다시 자판기에 투입하고는 같은 음료수를 뽑아 들었다. 동전 몇 개가 떨어졌다. 여자는 반환구에서 남은 동전을 꺼냈다. 에그는 그 동전이 자신의 수중으로 떨어질 줄 알았다. 예상했던 것과 달리 여자는 동전을 지갑에 넣고 에그를 피해 개찰구 쪽으로 빠르게 걸어갔다. 순간 에그는 머리끝까지 화가 치밀어서 펄쩍 뛰어오르며 여자를 향해 욕을 퍼부었다.

야, 이 시팔 년아.

그런 적은 처음이었다고 에그는 말했다. 담배나 껌을 팔 때는 전혀 없던 일이었다. 담배를 사주지 않아도, 껌값을 맘대로 깎아버려도 욕이 나올 만큼 화가 나지는 않았다. 하지만 구걸에 실패하니 그 여자의 목을 조르고 싶을 만큼 화가 치밀었다.

진짜 배신당한 기분이 들었어.

에그가 고개를 절레절레 흔들었다.

뭘 팔 게 있다는 건 좋은 거 같아.

등에 괴고 있던 베개의 위치를 고치며 에그가 말했다.

근데 누나, 배고프지 않아?

그러고 보니 배가 고팠다.

나가서 국밥 사 먹을까?

사달라는 말 같았다. 순식간에 기분이 나빠졌다.

나, 이제 가봐야 해.

흘러내린 머리카락을 묶으면서 에그의 눈을 피해 몸을 앞으로 당겼다.

밥 먹고 가요.

에그가 칭얼대듯 졸랐다.

안 돼. 미안해.

나는 침대에서 내려갈 생각으로 침대 발치를 향해 엉덩이를 움직였다. 등 뒤에서 에그의 목소리가 들렸다.

그럼 한 번 더 할래요?

얼른 돌아보니 에그가 히죽 웃고 있었다.

다음에.

농담처럼 가볍게 그 순간을 넘기고 싶었다. 또 만날 생각 따윈 없었다. 에그가 핸드폰을 들고 내게 기어왔다. 최근 수신목록을 열어 내 전화번호를 눈앞에 들이밀었다.

이 번호가 누나 꺼 맞죠?

나는 애써 태연한 척하며 고개를 끄덕였다. 에그는

능숙한 솜씨로 번호를 저장했다. 글자를 읽고 쓸 줄 모르는 그가 어떻게 연락처를 저장하는지 갑자기 궁금했다. 그의 얼굴 가까이 내 얼굴을 들이밀었다. 에그는 기호를 뒤적거리고 있었다. 느낌표와 물음표, 온점과 쉼표, 작은따옴표와 큰따옴표, 별 모양과 하트 모양, 각종 괄호들과 도형을 찬찬히 넘겨 보았다.

무슨 그림으로 저장해줄까요?

내게 골라보라는 거였다.

느낌표?

안 돼요. 그건 이미 다른 사람으로 저장되었어요.

별?

그것도 안 돼. 그리고 누나한테 별은 어울리지 않아요.

고를 게 없었다. 에그에게 각각의 도형들이 가지는 의미가 뭔지 묻고 싶었다. 나는 손톱을 깨물며 에그를 빤히 바라보았다. 보다 못한 에그가 내게 핸드폰을 주었다. 기호와 도형들을 유심히 보았다. 머리가 어지러웠다. 도무지 내게 어울리는, 마음에 드는 것을 찾을 수가 없었다. 에그에게 큰따옴표 같은 사람이 어떤 사람인지, 세모 모양의 사람은 어떤 사람인지 캐묻고 싶었다. 나는 핸드폰을 만지작거리다 결국 내 이름을 찍어주었다. 물론 에그는 그것을 읽을 수 없지만, 그것이 기다랗고 복잡한 무늬처럼 읽혀도 나는 아무 상관없었다. 내가 해독하지 못하는 도형이나 기호만 아니라면 그저 다행이었다.

핸드폰을 에그에게 돌려주고 바닥에 떨어진 옷을 주웠다. 바지와 터틀넥, 양말과 브래지어를 모두 찾았지만 팬티가 보이지 않았다. 에그도 덩달아 방 안을 헤집었다. 홀딱 벗은 채 늘어진 성기를 덜렁거리면서 내 팬티를 찾느라 좁은 방 안을 바삐 오갔다. 나는 침대 밑을 들여다보고 가방 속까지 뒤졌다. 팬티는 없었다.

에그가 침대와 유리창 틈새에 손을 집어넣고 훑기 시작했다. 나는 에그의 티셔츠를 아래로 끌어내리며 에그가 하는 짓을 초조하게 지켜보았다. 그러다 에그의 몸에 난 흉터들이 지난 새벽보다 분홍빛을 띠는 걸 발견했다. 마치 간밤에 입은 상처인 양 흉터는 생생하게 되살아나서 붉은빛을 내고 있었다.

18

    이른 아침에 호숫가를 걸었다. 굳이 집으로 가지 않고 한두가 사는 동네로 온 것은 그저 호수 때문이었다. 호수의 둘레를 걷는 행위가 내겐 주도면밀한 목적을 가지고 치르는 의식처럼 여겨졌다. 달이 뜬 밤을 피해도 보고 굳이 애써서 두 번째 소설을 써야 한다는 욕심도 미루고 도무지 변하지 않을 사람이라는 비난도 제쳐두고 남의 이야기를 훔쳐 쓴다는 질책도 씻어낼 수 있는 유일한 장소였다. 한두와 내가 한 번도 시도하지 않았던, 긴 시간이 소요되는 산책을 완성하고 싶었다.

오래전에 한두는 내게 어릴 적 이야기를 해주었다. 결혼식장에서의 만남 이후, 세 번째 데이트였다. 한두가 유치원에 다니던 시절이었다. 어머니는 한두에게 항상 하얀 옷을 입혔다. 하얀 옷에 묻은 얼룩들을 일일이 확인하기 위해서였다. 수상쩍은 얼룩이 발견될 때면 어머니는 한두의 작은 몸을 붙들고 성난 어조로 물었다.

울었어? 누가 울렸어?

가끔 어머니의 추측이 들어맞았다. 어머니는 분을 참지 않고 유치원을 찾아가 선생을 닦달해서 기어코 한두를 울린 아이를 찾아냈다. 그 즉시 아이의 집을 찾아가 문을 쾅쾅 두드려서 아이를 불러냈다. 아이가 서러워 눈물과 콧물을 줄줄 쏟아낼 때까지 아이를 호되게 혼냈다. 어머니는 사과 한마디 없이 한두의 손을 잡고 홱 돌아서서 저벅저벅 걸었다.

한두는 그런 엄마가 용감해 보였으나 차츰차츰 부끄러워져 울 일이 생길 때면 화장실로 달려갔다. 변기에 얼굴을 처박고 그 안에 눈물을 떨구었다. 그가 화장실에서 울지 않는 유일한 순간은 오직 어머니 앞에서 뿐이었다.

한두 어머니의 장례식 때였다. 나는 늦은 밤에 조문을 하기 위해 장례식장을 찾았다. 한두의 친척들이 한데 모여 겨우 졸음을 물리치고 있었다. 한두는 그들 중에 섞여 두런두런 이야기를 나누던 중이었다. 장례 절차를 의논하는 듯 보였다. 나는 한두가 입고 있던 검은 상복을 보며 안도했다. 이제 한두는 더 이상 오로지 울기 위해서 화장실로 달려가는 일은 없을 테니까. 나는 한두의 삶이 이전보다 한결 나아졌다고 확신했다. 한두가 화장실에 숨어 운 게 아주 오래전 일이었다는 걸 까맣게 잊은 덕분이었다.

호수는 잔잔했다. 가장자리가 살짝 얼어붙은 상태였다. 나는 스스로에게 묻고 물었다. 나는 도통 옛일을 잘 기억해내지 못하는 나를 자책했다. 기억력이 좋았다면 도대체 뭘 써야 하는지 갈피를 잡을 수 없어서 타인을 인터뷰하고 타인의 삶을 베껴 적는 일도 드물었을 것이다. 그런 일이 아예 없었으리라고는 끝내 장담할 수가 없었다.

나는 한두를 정말 사랑했을까? 한두는 나를 사랑했을까? 사랑이 우리의 진심이었을까? 아무리 곱씹어봐도 확신이 서지 않았다. 그동안 내가 인터뷰했던 사람들의 이야기는 모두 진짜였을까, 새삼 의심스러웠다. 마음만 먹으면 언제라도 진실 여부를 확인할 수 있었다. 그들의 이야기는 죄다 엇비슷했으니까. 애써 경청하지 않아도 예측 가능한 성공 스토리, 어쩌면 바로 그 이유 때문에 기억이 조각조각 남아 있는 건지도 몰랐다.

문득 그들의 성공과 행복이 여전히 유효한지 알아내고 싶었다. 그게 진짜 이야기가 되어줄지도 몰랐다. 에그의 이야기는 어떨까. 그가 들려준 이야기를 소설로 써도 될까, 고민하다보니 정말로 간절하게 쓰고 싶었다. 에그의 이야기는 달랐다. 최선을 다해 경청하지 않으면 예측도, 짐작도 불가능한 이야기, 진실을 확인할 길조차 없는 이야기, 설령 거짓이라 할지라도 아무도 거짓인 줄 모르는 이야기, 아무에게도 들키지 않을 이야기, 에그 스스로도 기록하지 못할 이야기.

그러려면 한두가 내게 했던 말들부터 떨쳐내야 했

다. 한두가 내게 들려준 이야기와도 헤어져야 했다.

그건 나의 책이 아니라 너의 책이야.

나는 어둔 밤하늘을 올려다보며 말했다. 너의 이야기를 나의 삶으로 여길 만큼 너를 사랑했던 시절에 쓰인 이야기, 기록도 아닌 흔적으로 남은 그 책은 이제 너의 것이야.

그제야 나는 알 것도 같았다. 왜 세상의 모든 이야기들이 내 이야기처럼 읽히는지, 왜 내가 쓴 모든 이야기들이 내 이야기처럼 읽히지 않는지 잠시나마 알 것도 같았다. 영원히 모를 것 같기도 했다.

19

날이 흐렸다. 잿빛이었고 나는 하늘의 색깔이 어린
한두의 하얀 옷에 묻어 있던 얼룩의 색깔과 다르지 않
을 거라고 생각했다. 호숫가를 걷는 사람들은 많았다.
내가 예상했던 아침의 풍경과는 사뭇 달랐다. 의외로
많은 이들이 두꺼운 옷을 단단히 껴입은 채 둥글고 커
다란 호수를 걷는 데 집중했다. 호수를 걷는 일에는 필
요 없는 몇 가지들이 있었다. 방향을 가늠하지 않아도
되고, 시작과 끝을 임의로 정해도 되고, 원한다면 한없
이 그 주위를 맴도는 일도 가능했다. 나는 코트 주머니

에 두 손을 찔러넣고 산책자들을 위한 우레탄 보도를 피해 축축한 흙길을 밟아 디뎠다.

굽이 푹푹 빠져들어갔다. 신발이 자꾸 벗겨졌다. 나는 보도 위로 다시 올라섰다. 우레탄으로 만들어진 길은 단단한 땅이 아니어서 여전히 걷기에는 불편했다. 호수의 맞은편을 건너다보았다. 거기에도 사람이 보였으나 너무 작았다. 나는 맞은편의 사람과 내가 마주칠 확률에 대해 고민해보았다. 그럴 일이 생기기란 쉽지 않았다.

둘 중 하나가 방향을 바꾸어 왔던 길을 되돌아가지 않는다면, 둘 중 하나가 한참 동안 멈춰 서 있지 않는다면, 둘 중 하나가 호수를 가로질러 오지 않는다면 호수의 궤도 안에서 서로를 대면할 가능성은 거의 전무했다. 아무도 호수를 침범할 수는 없는 것이다. 설령 그것이 무한한 의지를 가진 달일지라도. 그건 절대로 위로가 될 수 없고 완벽한 패배를 증명하는 것에 불과했다.

숨을 쉴 때마다 하얀 입김이 무럭무럭 피어올랐다.

나는 내 숨결에서 좋지 않은 냄새를 맡았다. 한두와 내가 기차의 통로에서 나누었던 대화를 떠올려보았다. 우리는 끊임없이 우연에 대해 말했다. 우리가 모르고 스쳐지나갔을 가능성을 상상하고 유추했다.

모든 우연들이 가능했지만 확인해볼 길도 없고 지나간 일들이었으나 당시의 우리에겐 무척 중요했다. 그 우연들이 우리가 사랑에 빠질 수밖에 없는 근거였다. 그것에 대해 상상하지 않으면 내가 생면부지의 한두를 느닷없이 사랑하는 것에 대해 나 자신조차 신뢰할 수 없었을 것이다. 나는 한두에게 에그에 대해 절대로 말할 수 없을 테지만, 에그에게도 한두의 이름을 알려줄 수 없을 테지만, 나는 내가 부지불식간에 두 사람의 이름을 견주었다는 것에 슬픔을 느꼈다.

호수의 절반을 걸었을 무렵, 나는 걸음을 멈추었다. 걷다보니 산책로에서 벗어나 호숫가에 바짝 가까워져 있었다. 멈춘 김에 호수를 둘러보았다. 호수의 둘레를 따라 드문드문 자라는 나무들에 눈길이 갔다. 반대편에 서 있는 나무들까지 찬찬히 살펴보았다.

수종은 제각각이었다. 하늘을 향해 곱게 자라는 나무들은 대개 키가 컸다. 수면 위로 가지들이 크게 구부러져 자라는 나무들도 있었다. 긴 시간이 지나면 수면 아래로 푹 잠길 것처럼 휜 나무들이었다. 고요한 수면 위로 그림자가 고스란히 드리워져 마치 두 그루처럼 보이기도 했다.

나는 숨을 크게 들이마시다가 참아보았다. 머릿속이 잠깐 맑아졌다. 아무 생각도 나지 않을 만큼 맑아지다 이내 흐려졌다. 그런 일기예보를 자주 들었다. 차츰차츰 흐려지겠다는 예보 말이다. 밤이 일찍 찾아오겠다는 말처럼 들리는 그 예보가 내 머릿속 상황과 똑같았다. 한번 휘어진 나무들은 결국 물속에 거꾸로 처박힐 것이다. 그런 나무의 상황도 차츰차츰 흐려지겠다는 말로 대신할 수 있을 것이다.

한두는 여기를 혼자 산책한 적 있었을까? 그에게 물어본 기억도 없고 궁금해한 적도 없었다. 만약 한두가 그런 적이 있었다면 나에게 벌써 말했을 확률이 컸다. 하지만 나는 좋지 않은 기억력을 가졌고 확신보다 짐작에 훨씬 능숙한 인간이었다. 한두는 분명 나와 자주 걷곤 했던 구간을 넘어서지 않았을 것이다. 대신 가끔 우리가 함께 걷던 호수의 절반가량을 질주했을 것이다. 헉헉거리며 나와 함께 걷던 길을 혼자 달려나갔을 것이다. 그리고 텅 빈 집으로 돌아가 오래전에 내가 얼려둔 설렁탕을 꺼내어 식탁 위에 올려두고 창가에 서서 해가 뜨거나 해가 지는 때를 기다렸을 것이다. 내심 잘 살고 있다고 만족하는 순간도 있었을 것이다.

나는 다시 걸음을 뗐다. 우레탄 보도 위로 올라섰다. 바람이 불어왔다. 옷깃을 여미고 팔짱을 끼고 고개를 푹 숙이며 걸었다. 내가 어떤 사람을 사랑했던 시간을 길이라고 치고, 그 길의 궤적이 어떤 도형을 그리고 있다고 하면 왠지 그것은 호수처럼 원의 모양일 것만 같았다. 그 안을 채우는 내용물이 출렁이는 검은 기억이라면, 나는 지금 앞서 걸어가고 있는 것이 된다.

그렇게 믿어도 아무 상관없는 길을 내가 지금 걷고 있는 것이다. 누가 잘못했는지, 누가 더 나쁜 사람이었는지, 누가 나를 울렸는지, 내가 언제 너를 울렸는지 가늠자를 들이대지 않을 거라고 내가 내게 결심하도록 채근하면서 계속 걸었다. 진흙이 묻은 구두를 내려다보면서, 너무 추워서 뛰고 싶지만 어떻게든 같은 속도를 유지하면서 나는 가장자리부터 얼어가고 있는 호수의 둘레를 묵묵히 걸어갔다.

걷다가 알았다. 나는 아무것도 잃어버릴 염려를 하지 않아도 되었다. 아무것도 두고 오질 않았다.

이 소설을 쓰는 동안 해가 바뀌었다. 시간이 뭉텅 지나갔다는 느낌을 지울 수가 없다. 한 해 동안 글을 많이 썼는데 책으로 나오기는 이것이 가장 먼저이다. 떠나보냈다는 생각에 내내 사로잡혀 있다. 아주 솔직하게 말하자면 떠나보낼 수 있어서 즐겁고 행복하다.

이별 뒤엔 여러 감정이 들끓는데 그중에서 제일 이상한 것은 죄책감에서 벗어난다는 것이다. 사랑하는 동안 나를 지배한 감정 중에서 죄책감이 가장 강력했다는 뜻이다. 사랑이 나쁜 짓이라는 뜻이 아니다. 오히려 그 반대이다. 사랑이라는 행위 자체가 어떤 결함을 포함하고 있고 그 결함을 체험하는 것에 더 가깝다는 이야기이다. 사랑 대신 삶이라는 단어를 집어넣어도 의미는 크게 달라지지 않을 것이다. 어쩌면 어떤 애인에게도 사는 동안 널 '가장' 사랑했다는 말을 해줄 수 없어서일지도 모르겠다. 아마도 가장 사랑했던 순간들은 있었겠다. 그리고 순간에 대한 인정을 고백하는 이 말이 끝끝내 혼잣말로 남았으면 하는 내 마음만은 얼추 진심에 가까울 것이다.

요즘 나는 이런 걸 바란다. 우리가 서로의 불편과 불안을 조금 더 존중해주기를. 그것이야말로 우리가 서로 모르고 살아온 날들에 대한 존중임을 나는 이제야 조금 알 것 같기 때문이다.

하지만 가끔 무턱대고 이런 생각이 들 때도 있다. 우리가 서로를 모르고 살아온 날은 단 하루도 없었다고, 나도 모르게 확신에 차서 말하는 날도 더러 있는 것이다. 어느 쪽이 더 진실에 가까운지는 아무래도 조금 더

살아봐야 알겠다. 그러니까 무엇이 더 나의 의지에 가까운지 제대로 알아내기 위해서, 나는 또 한 시절을 뭉텅 받아냈다. 좋을 때이다.

2015년 1월

황현진

달의 의지

1판 1쇄 발행 2015년 2월 11일
개정 1판 1쇄 발행 2023년 4월 26일

지은이 · 황현진
펴낸이 · 주연선

(주)은행나무

04035 서울특별시 마포구 양화로11길 54
전화 · 02)3143-0651~3 │ 팩스 · 02)3143-0654
신고번호 · 제 1997—000168호(1997. 12. 12)
www.ehbook.co.kr
ehbook@ehbook.co.kr

ISBN 979-11-6737-287-1 (03810)